十字架の王女

特殊捜査班カルテット3

大沢在昌

角川文庫
19448

目次

十字架の王女

タケル

「藤堂《とうどう》は日本にいる」

クチナワがいった。渋谷《しぶや》の、とり壊しが決まっているビルの一室だった。この部屋には何度もきた。任務をいい渡され、作戦に必要な情報を与えられた。

クチナワのうしろにはトカゲが立っている。二ヵ月の入院をひと月も早めて退院してきたのだ。

タケルの横にはホウだ。静かに、身じろぎもせず、クチナワを見つめている。

カスミだけがいない。

新宿《しんじゅく》タワーホテルのロビーで銃撃戦に巻きこまれたカスミは背中を撃たれ、救急車に乗せられた。だが、救急車は盗まれたもので、運転手や救命士もろともカスミは姿を消してしまった。生きているのか死んでしまったのかすらわからない。

あれからひと月以上がたっていた。

タケルとホウはもちろん、クチナワも警察を使ってカスミの行方をずっと捜していた。

だがカスミの消息をまるでつかめずにいる。

「なんで日本にいるとわかるんだ」

ホウが訊《たず》ねた。

「出国できないからだ」

クチナワが答えた。

「どうして」

「〝本社〟だ。藤堂と〝本社〟は、タワーホテルの一件以来、全面戦争に入った」

タケルはホウと目を見交した。

タワーホテルで開かれていたリベレイターの会合にカスミは潜入しようとしていた。が、正体をリベレイターのメンバーの城戸《きど》に見抜かれ、捕えられた。城戸は〝本社〟の人間で、リベレイターを利用していたのだ。城戸とその手下によって、カスミを除く、その場にいた全員が殺された。

ロビーにいたタケルに「カスミを救え」と電話で命じたのが、藤堂だった。じきエレベータで、城戸と部下がカスミを連れて降りてくる。タイミングを見はかって照明を切るので、そのスキにカスミを助けだせ、といったのだ。

暗闇で撃ち合う大混乱の中で、タケルはカスミを城戸の手下からとり戻した。だが流れ弾がカスミの体にあたった。

城戸と何人かの手下が射殺され、残りは拘束された。その後の調査の結果、ホウでも警官でもない誰かが、城戸の手下を射殺したことが判明した。

藤堂が、あの場にいたのだ。

おそらくカスミを連れ去ったのも藤堂にちがいなかった。娘なのだから、当然といえば当然だ。だが、カスミがどうなったのか、タケルは心配で頭がおかしくなりそうな日々を過していた。

「なぜカスミの親父が〝本社〟と戦争を始めたんだ？」

ホウが訊ねた。その顔がこわばっている。

「わからん。復讐《ふくしゅう》かもしれない」

クチナワが答えた。タケルは思わずいった。

「つまりそれってカスミが――」

クチナワは首を巡らせ、タケルを見た。

「その可能性はある。奪った救急車でカスミを搬送したのはおそらく藤堂の部下だろう。彼女が死に、責任が〝本社〟にあると考えた藤堂が戦争をしかけた」

クチナワが膝《ひざ》の上にのせたパソコンの画面をタケルとホウに向けた。

「この一週間、〝本社〟に関連する施設が爆破されたり、幹部が狙撃《そげき》され命を落とすという事態が連続して、〝本社〟は臨戦態勢に入っている。当初、『一木会《いちもくかい》』に所属する対立組織による攻撃を〝本社〟は疑ったが、『一木会』は早々に無関係を宣言した」

画面には、黒焦げになった車や窓がすべて吹きとんだ建物、血だまりに倒れている男の画像などがあった。

「日本最大の暴力組織である〝本社〟に、これまで正面から戦いを挑んだ者はいなかった。警察を除いてな。それをおこなっているのが、おそらく藤堂だ」

「海外から指令を飛ばしているのじゃないのか。あいつは日本と外国をいったりきたりしているのだろう」

ホウが画面から目を上げ、いった。

「〝本社〟は、世界中にネットワークをもっているし、これだけの戦いを、自分は安全圏にいては始められない」

「藤堂に国境がない、といったのはあんただ。FBIやインターポールにもマークされてる現代の海賊だって」

「確かにいった。彼はテロリストであり泥棒で、自らの軍隊をもっている。その中には、グルカキラーもいる」

タケルは荒々しく息を吸いこんだ。十年前、家族を皆殺しにしたのがグルカキラーだった。そのグルカキラーを日本に連れてきたのは藤堂だ、と「一木会」に属する暴力団河原《かわはら》組の組長はいった。

「だったら〝本社〟にだって負けないだろう」

ホウが鋭い目でクチナワを見つめた。

「かつてなら、な」

「かつてなら？」

「藤堂の組織にはほころびが生じている。裏切り者が日本での活動資金を盗み、グルカキラーを使って郡上《ぐじよう》を殺した。郡上がその人物の裏切りを藤堂に知らせるのを恐れたからだ」

「あのクリハシって奴もか。オレのアバラを折った」

「クリハシは藤堂の部下であると同時に、裏切り者の仲間でもあった。だから殺されたのだ」

「殺《や》ったのは藤堂なんだな」

「たぶん」

「その裏切り者の名前は何ていうんだ？」

タケルは訊ねた。

「村雲《むらくも》という。クリハシが新宿で射殺された日に、国外に脱出した。それを手助けしたのは『一木会』だ。村雲は、日本にある藤堂の組織の資産を管理する立場にいた。その地位を利用して『一木会』のマネーロンダリングを手伝ってもいた。したがって『一木会』は村雲を逃さざるを得なかった」

「だったら藤堂が戦争をしかけるのは『一木会』のほうじゃないか」

「財産を盗まれたことより、もっと強い怒りが藤堂にはあるのだろう」

「カスミは死んでいない。あいつがあんなことでくたばるか」

タケルはいった。タワーホテルのロビーでカスミを抱えたとき、
——タケル。きてくれたんだ
と喘《あえ》いだ声が耳にこびりついていた。
その瞬間まで、ケンに抱かれたカスミを憎み、決して許さないと決めていた。チーム
を裏切り、タケルの心をずたずたにした。
カスミのことが好きだった。どうしようもないくらい、惚《ほ》れている。
もしカスミが死んでしまっていたら、この気持はどうすることもできない。好きだと
いうのも、裏切り者と罵《ののし》るのもできないのだ。
だから絶対にカスミは生きていなくてはいけない。カスミを失うことは耐えられない。
「なあ」
ホウが煙草をとりだし、火をつけた。落ちついているようには見えるが、本当はホウ
も、頭が変になるくらいカスミを心配しているのはわかっている。
なぜならホウだって、タケルに負けず劣らずカスミのことを好きだからだ。
タケルは気づいていた。ホウは、タケルのカスミに対する思いを知り、それをずっと
隠してきた。だがカスミが消えてしまった今、隠す理由はなくなった。
「なんであんたはそんなに藤堂について詳しいんだ。ずっとつかまえたくて追っかけて
きたのはわかるが、それにしたって裏切り者が誰で、それを逃したのが『一木会』だな
んて、どうして知ってるんだ」

クチナワの両脚の膝から下を奪ったのは、藤堂だ。クチナワはかつて、選抜した刑事の特殊部隊を率い、藤堂の組織に挑んだ。部下の何人かと両脚を、その戦いで失ったと聞かされていた。

それをタケルとホウに教えたのは、バー「グリーン」のマスターだった。マスターは、その特殊部隊にいたのだ。

ホウの問いに、クチナワはすぐには答えなかった。

やがていった。

「スパイが、藤堂の組織にいたからだ。私は藤堂を捕えるためなら、どんな手も使う」

「そのスパイというのは――」

「村雲だ。彼が組織の資産を着服しているのを知った私は、それを材料に脅して、藤堂に関する情報を提供させていた」

「きたねえ」

ホウがつぶやいた。

「確かにきたない手だ。藤堂を葬るためなら、私はどんな手も使う」

「つまりカスミもそうだったたってことか」

ホウの声に怒りがこもった。

「私たちは互いを利用した。カスミは塚本《つかもと》に復讐をしたがっていた。塚本に対する彼女の憎しみを知った私は、復讐への協力をもちかけた。『ムーン』のイベントに潜入し、

〝本社〟の活動に打撃を与えられる捜査官が欲しかったからだ。だが彼女ひとりではそれは不可能だった。そこでタケルをリクルートした。リンの死によってホウがこちらの側についた。以来、お前らはチームになった」

「だが最終目的は藤堂だったのだろ」

「もちろんだ」

「カスミはそれをわかってて、あんたと組んだのか」

クチナワは頷《うなず》いた。

「嘘だ」

タケルはいった。

「嘘ではない。塚本への復讐は、彼女が私と手を組むきっかけにすぎない。彼女にはもっと大きな、別の目的があった」

「何だよ、その目的って」

クチナワは首をふった。

「それは私も知らない」

「じゃあカスミは、その目的のために俺たちを仲間にしたのか」

ホウが訊《き》いた。

「そうだ。だが同時に、君たちに対する責任を感じてもいた。指揮官として」

「指揮官」

タケルはつぶやいた。その通りだ。ホウと何度もいいあった。

カスミが頭で、俺たちは手足。

「彼女はお前たちを見捨てない。その決心をしていた。と同時に、自分の目的にお前たちを巻きこむのを恐れてもいた。知っているだろうが、カスミは天才だ。恐しいほどの頭脳で、犯罪者の目的を見抜き、打撃を与えられる。それは藤堂によって施された英才教育の結果だ。藤堂はカスミを、自分の組織の後継者に仕立てるつもりだった」

「カスミは、自分は数いる藤堂の愛人のひとりの子供に過ぎないといっていた」

「それは事実だ。だが藤堂はカスミの才能を見抜いた。ある年になり、カスミが自分のもとをでていっても、連れ戻そうとはせず、好きにさせていた。それどころか彼女が私と組んで、犯罪を取締る側に立っても、止めようともしなかった。すべて将来の役に立つと考えたのだろう」

「馬鹿ばかしい」

タケルはいった。

「カスミが犯罪組織の親玉になるってのかよ」

「その可能性は高い、と私も思っていた」

「なんでだよ。わかってるのだろうが。カスミがそんな奴じゃないって」

タケルは声を荒らげた。クチナワがタケルを見つめた。

「タケル、お前はまだカスミのすべてを知っているわけではない」

「知らなくたってわかる」

クチナワはホウに目を移した。

「お前はどう思う」

「あいつが人を傷つけたり殺したりしてまで、金儲《かねもう》けをしたがるような奴とは思わない」

クチナワは沈黙した。

「いい返せねえだろう」

タケルはいった。クチナワは息を吐いた。

「目的と手段の問題だ」

「何だ、それ」

「カスミの真の目的をお前らは知らない。私も知らない。もしカスミがその目的に向かうことを決めたら、彼女は手段を選ばなかったろう。ただし、お前らをその巻き添えにしなかっただけで」

「過去形を使うのやめろ！」

タケルは怒鳴った。

「いいだろう。カスミが生きていると仮定しよう。今、どこで何をしている？」

「藤堂だろう。藤堂がそばにおいているんだ。そうだ、だからあいつは日本にいるんだ。戦争をおっ始《ぱじ》めたこともあるが、怪我をしているカスミをおいて日本をでられない」

「だが戦争を始めるのは、よりカスミを危険にさらす。わざわざそんなことをする理由があるのか」

タケルは言葉に詰まった。その通りだ。

「カスミがけしかけているとしたら？」

ホウがいった。

「カスミが？」

クチナワは意外そうにいった。

「そうさ。カスミは〝本社〟を許せないと思っている筈《はず》だ。塚本もそうだったし、リベレイターの一件でも〝本社〟はひどいことをしやがった。〝本社〟をぶっ潰《つぶ》したい。警察にはできなかったことだ。そこで親父をけしかけて、〝本社〟に戦争をしかけた」

「そうだ！」

タケルは叫んだ。

「カスミの目的って、それじゃないのか。〝本社〟をぶっ潰す。俺らを巻きこみたくないっていうのも、相手が〝本社〟の戦争なら、理解できる。あんたと手を組み、今度は親父と手を組んだ」

「藤堂がそんな愚かな戦いに乗りだすとは思えない」

「現に戦争しているじゃねえか。もし藤堂がそこまでクールな野郎なら、たとえカスミを殺されたって、戦争なんかするわけない」

クチナワは考える表情になった。タケルは嬉《うれ》しくなった。

そうだ、そうにちがいない。カスミが頭で、今度は藤堂とその組織が手足なのだ。

「困ったな、クチナワ」

ホウがおかしそうにいった。

「タケルの勘が当たっていたら、あんたはどうする？　あくまで藤堂を追っかけて、〝本社〟をのさばらせるのか？　それとも〝本社〟がぶっ潰れるまで藤堂の好きにやらせるのか？」

「どちらにしても同じだ」

クチナワは答えた。

「同じ？」

「今日、お前たちを招集したのは、情報収集にあたらせるためだ」

「何の情報収集だよ」

「カスミの安否をつきとめる。タケルのいう通り、〝本社〟への戦争が、カスミのしかけたものなら、必ずそこには彼女の痕跡《こんせき》がある。それを探してもらいたい」

「俺たちに〝本社〟に潜入しろってのか」

「それもひとつの手段だが、お前らのことを〝本社〟はもう、敵だと認識している。二度にわたって、大きなシノギを妨害されたからな」

「そうだった」

「もし藤堂との戦争がなかったら、お前らの始末に動いたろう。塚本と城戸という、優秀な人間を失ったのも、お前らのせいだ」

「よくいうぜ。殺したのは、あんたら警察じゃないか」

ホウが吐きだした。

「殺せる状況を、お前らが作ってくれたからだ」

冷ややかにクチナワはいった。タケルはホウと顔を見合わせた。

「じゃあ俺たちにどうしろというんだよ」

「考えろ。カスミはいない。お前たち二人で考えるんだ。必要なものは準備してやる。法律に違反することであってもかまわない」

「冗談だろ」

「もともとそういうチームだった筈だ。ただし、行動に移す前に、私に計画を報告するんだ」

「そんな――」

「お前たちはカスミに会いたくないのか。カスミが生きているなら、連れ戻すのはお前たちの任務だろう」

「――その通りだ。タケル、いこう」

ホウがいった。

「わかったよ。必ず見つけてやる」

タケルは頷き、部屋をでていった。

クチナワ

「よろしいんですか」

ビルをでていく二人を、監視カメラのモニターで確認していたトカゲが口を開いた。

「委員会は解散していません。警視正の活動をバックアップしてくれる存在はありません」

クチナワは細巻きの葉巻をとりだし、火をつけた。

「委員会など、あとづけの免罪符にすぎない。最初からこのチームは、法の範囲を超える覚悟で発足させている。ただし――」

いってクチナワは黙った。

「ただし、何でしょう」

「今度は部下を見捨てない。彼らは正規の警察官でも何でもないが。いや、それだからこそ、何かあっても私は彼らと運命を共にするつもりだ」

トカゲは微笑んだ。

「警視正はそうお考えだろうと思いました。あいつらは未熟ですが、並みの警官じゃできないことをやってのける力があります」

「それはカスミがいたからかもしれん。彼女がいない今、果してできるかどうか」

濃い煙を吹きあげ、クチナワはつぶやいた。

「それを見届け、バックアップするのが我々の任務です」

クチナワは首を巡らせ、トカゲを見た。

「つきあうのか、君も。もしかすると職を失い、下手をすれば獄につながれるかもしれんぞ」

トカゲは微笑みを消さず、頷《うなず》いた。

「そんな国なら、警察官をやっている意味などありません。刑務所の中のほうが、よほど住みやすいでしょう」

クチナワはあきれたようにトカゲを見つめ、やがて笑いだした。

「なるほど。その通りだ。あとは、彼らしだいだな……」

アツシ

「考えろ、か。くそっ」

タケルがミネラルウォーターをあおり、吐きだした。二人はバー「グリーン」にいた。マスターはいない。二人に店を預け、どこかにでかけている。どのみち「グリーン」

は、夕方六時の開店で、それまであと二時間はあった。

「なあ」

タケルが空になったペットボトルをくしゃくしゃに握り潰し、カウンターにすわるホウを見た。

「このひと月でつくづくわかったことがある。俺は、カスミについて何も知らなかった。あいつは俺たちのことを、最初から知っていたってのに、俺はカスミのことを何も知っちゃいなかった。あいつがどこに住んでて、どんな奴とつきあってるのか、まるで知らなかった。お前は知ってたか？」

「住んでたところは知らない。けれどクチナワは知ってただろうから、当然調べた筈だ」

ホウは答えた。

「じゃ、友だちは？『ムーン』のときに、カスミはセーラって売られちまった友だちの復讐《ふくしゅう》をしたろう。他にも、仲のいい友だちがいたのじゃないかな」

「いたとして、カスミが自分の話をしていると思うか。親父のことや、俺たちとのチームで何をしてきたか」

「ありえねえな」

タケルは首をふった。

「話せるわけがない」

「だろう」

「俺たちだけか」

タケルの声にわずかだが嬉しそうな響きがあった。

「カスミは俺たちにも秘密をもってた。クチナワのいった『目的』もそうだし、藤堂との関係だって、まだ俺たちに話していないことがあった筈だ。そういう意味では、本当に全部を教えている相手なんていなかった」

「なんでそんなことをいうんだよ」

タケルはふくれっ面になった。ホウは静かにタケルを見返した。

「今になって思うんだ。カスミは、すごく孤独だったのじゃないかってな。別にあいつが俺たちを信用してなかったというわけじゃない。けれどあいつには話せないことがいっぱいあったんだと思う。話したら俺たちに何と思われるかわからないとか、それ以前に、どう話していいのかわからないようなことが山ほどあったのじゃないかな。俺らはそれぞればらばらで、しかもふつうじゃない育ちかたをしてきたわけだが、カスミほど特殊な環境で育った人間なんていない。クチナワもいってたろう。英才教育だって」

タケルはくやしそうに頷いた。

「確かにカスミはいってた。自分には犯罪者の心がわかるって」

「もしかしたらカスミの中には、親父も超えちまうような、とんでもない犯罪者が住んでいて、そいつを抑えこむのに必死だったのかもしれない」

「ていうか、カスミは抑えるために、クチナワと組んでたって気がしてきた」

「抑えるため？」

「あいつはさ、自分の中に流れている藤堂の血と、うけた教育のせいで、自分がとんでもない犯罪者になっちまうのじゃないかと、すごく恐かったんじゃないかな。そうならないためには、犯罪を取締る側になるのが一番だ。だけど親が犯罪者のあいつは警官にはなれない。そこでクチナワと組んで、非正規のチームを作ることにした。『ムーン』の一件は復讐だったかもしれないが、ミドリ町やリベレイターは、純粋な捜査だろう」

「お前のいう通りだ」

「カスミは、自分と戦ってたんだよ。自分の中にいる犯罪の天才に好き勝手させないため」

つぶやいて、タケルはため息をついた。

「つまり、見かたをかえれば、クチナワも俺たちも利用されてたってことだ」

「仮にそうだとして、お前は腹が立つのか」

ホウはタケルを見つめた。

「いや。立たないよ。もっと利用してもらいたいくらいだね。あいつはやっぱりすごい奴で、あんなことじゃ絶対死んでない」

「俺も同じだ。よし、意見の一致を見たところで、考えようや」

ホウは笑ってみせた。本当は、カスミが死んでいる可能性は高い。生きていたら、必ず連絡をしてくる筈《はず》だからだ。タケルや自分が心配しているのを知っていて、知らん顔できるようなカスミではない、とホウは信じていた。

ただ、そうとわかっていて、連絡をしてこない可能性がひとつだけある。

それはカスミが犯罪者の側に立つ、と決心していた場合だ。藤堂といっしょにこれからは犯罪の世界に生きる、と決めたのだとしたら、自分たちに連絡してくることはないだろう。むしろ死んだと思わせる道を選ぶ。

内なる犯罪の天才との戦いに、カスミが疲れ、あるいは敗れていたら、そうなっているかもしれない。

もしそうなら、チームは決して復活しない。

それならそれで、しかたがない。カスミを欠いたチームに存在意義などないのだから、解散するだけだ。しかしそのときははっきり、カスミの口からその宣言を聞きたい。

チームは終わり、わたしは犯罪の世界に生きる、と。

それが自分にとって訣別《けつべつ》の言葉になるだろう。狂おしいほど好きな、カスミをあきらめるための、終止符になる筈だ。

今ではわかっている。リンを亡くし、絶望しかなかった自分は、新しい世界を与えられたときから、カスミに惚《ほ》れていたのだ。カスミでなければ、自分はいうことを聞かなかった。

タケルも同じだ。カスミは猛獣使いで、仕込まれた猛獣は皆、カスミに惚れてしまうのだ。カスミの中にある優しさと強さ、そして孤独の深さに、すべてをなげうってでも守りたい、と思わされてしまう。

タケル

カスミの安否をつきとめるためには、藤堂の情報を得るのが一番早い。が、藤堂がどこにいるのかはまったくわかっていない。〝本社〟と戦争をしている今、藤堂の居場所をつきとめるのは、容易ではない。

そういう状況下で、藤堂に関する情報をもつ、外部の人間がいるとすれば、村雲しかいないという結論に、タケルとホウは達した。

村雲はかつて藤堂の部下だったが、その資金を盗み、グルカキラーを使って郡上を殺した。報復を恐れて、国外に脱出したとクチナワからは聞かされた。

「村雲が今、どこにいるかわからないか」

トカゲの携帯に電話をしたタケルは訊《たず》ねた。

「最後に得た情報では、スペインのマドリードにいて、そこからラゴスに向かい、消息を絶ったという」

「ラゴスってどこだよ。南米か」

「アフリカだ。アフリカ中西部のナイジェリアの旧首都だ」

「アフリカ……」

遠すぎる。フィリピンとかタイなら、接触できるかもしれないと思っていたが、アフリカと聞いて、タケルは呆然《ぼうぜん》とした。

「それはいつの話だ」

「二週間ほど前だ。マドリードまでは、『一木会』の関係者が同行していたという情報がある」

「じゃ、そのラゴスにはひとりでいったのか？」

「警視正の話では、ナイジェリアに友人がいて、そこを頼ったということだ。が、現地の日本大使館を通じて情報を集めさせたところ、その友人と村雲は接触していないことが判明した」

「じゃ、どこにいるんだよ」

「必要なのか、村雲の情報が」

「村雲なら、藤堂が今どこにいるか、知っているかもしれない。だから村雲を見つけたいんだ」

「調べてみよう」

電話を切ったタケルは、横にいるホウに説明した。

「ラゴスで行方がわからなくなったってさ」

「ナイジェリアか」

ホウはつぶやいた。

「ナイジェリアかって、いったことあるのか」

「ない。だがナイジェリア人なら、日本に山ほどいる」

「どこに？」

「六本木《ろっぽんぎ》や新宿だ。客引きをやっているアフリカ系の外国人は、たいていナイジェリア人だ」

「あいつら、そうなのか」

ホウが考えこむ顔になった。

「ナイジェリア人の組織は日本にもあって、やくざともつながりがある。クスリの密輸業者が多いんだ。大物がいて、女房が俺やリンと同じ残留三世だ」

「そいつに会えるか」

「会ってどうするんだ？」

「会わなけりゃわからない。何か知ってるかもしれないだろう」

ホウはあきれたような顔になった。

「簡単にいうな」

「しょうがないだろう。俺たちには今、頭がいないんだ。手足は動くしかない」

ホウは首をふり、苦笑した。

「お前のいう通りだ。六本木にいこう」

六本木交差点から飯倉片町《いいくらかたまち》に向かう通りには、夜になると黒人が何人も歩道に並び、日本人、外国人を問わず声をかけている。

ストリップバーやインターナショナルクラブへの客引きだが、彼らが呼びこむ店はたいてい外国人のダンサーやホステスがいる、とホウが説明した。

ナイジェリア人の客引きは、多いところでは歩道十メートルのあいだに五人以上がたむろし、彼らの需要を満たすためだけではないだろうが、パキスタン人やイラン人の経営する「ドネル」屋が何軒も並んでいる。

客引きの服装はまちまちだ。アロハシャツに革ジャンパーもいれば、堅苦しいスリーピーススーツを着こんでいるのもいる。

ホウは交差点から飯倉片町のほうに歩いていくと、ドン・キホーテの手前で立ち止まった。

大きなクラブがあり、「SECURITY」の文字が入ったTシャツを着た黒人が二人、腕を組んで入口の前に立っている。

そのうちのひとりがホウに気づき、

「ハイ！」

と白い歯を見せた。

「ロング・タイム・ノーシーね、ホウ。元気だった？」

「まあな。レビブはきてるかい」

黒人は首をふった。

「今日はまだだよ。でもきっとくるね。レビブはテリトリーをチェックする」

「オーケー。じゃ、また」

ホウは黒人と拳《こぶし》を合わせ、歩きだした。

「レビブ？」

並んだタケルは小声で訊ねた。

「このあたりのナイジェリア人を仕切ってるボスだ。リンのファンで、何度も会った」

答えたホウは立ち止まり、ドン・キホーテの前のガードレールに尻《しり》をのせた。

「レビブは必ず自分の縄張りを見回る。そいつを待とう」

「縄張りの見回りって、やってることはやくざと同じじゃないか」

「郷に入れば郷にしたがえ、だろう。やくざとも奴はつながってるしな」

二人はガードレールに腰かけ、待った。観察していると客引きにも縄張りがあり、ある距離以上は決して客につきまとわない。警察の取締を恐れてもいるのだろうが、縄張りをはみでて客を引くと、その場所を縄張りとする別の客引きともめるようだ。

そして地回りとも顔馴染《かおなじ》みらしく、やくざが通るときは、

「ハイ！　元気？」

「今晩は」

などと挨拶《あいさつ》を交している。

「すっかり日本に馴染んでやがるな」

「そりゃそうだ。路上で商売をしてたら、やくざと仲よくしないわけにはいかない」

「しかし客引きだけで食えるのか？」

タケルの問いにホウは首をふった。

「連中はたいてい副業をもってる。こっちで買った中古のパソコンや電気製品を自分の国にもっていって売る、個人輸入業をやってる。中には向こうからヤバいブツを日本にもちこむのもいる」

「クスリか」

「ガンジャが多いって話だ」

「じゃあ客引きは表向きの商売か」

「そういうのもいる。あいつらはカタコトだが英語も喋《しゃべ》るし、中には中国語やロシア語もオッケーって奴もいるからな。英語や中国語を喋れない日本の水商売には重宝されてるんだ」

金色のハマーがクラブの入口の前で止まった。運転手が降りてきて、後部席のドアを開く。レザーパンツに毛皮のベストを着けた黒人が降りた。

「きた」

ホウはいってガードレールを降りた。

「レビブ！」

レザーパンツの黒人がふりかえった。一瞬怪訝《けげん》そうにホウを見つめたあと、ぱっと笑顔になった。

「ホウ！」

二人は中国語で喋り始めた。意味がわからず、タケルはつっ立っている他ない。

「こいつは俺のツレでタケル」

ふりかえったホウがタケルを紹介した。

「初めまして。レビブです」

黒人が手をさしだした。スキンヘッドにしていて、香水の匂いが鼻を突いた。

「タケルです」

「あんたに相談したいことがあるんだ」

ホウが日本語でいった。

「何？」

「『一木会』の世話でラゴスに渡った日本人がいる。そいつの居場所を知りたい」

レビブは瞬《まばた》きした。

「イチモクカイ！　恐い人たちね」

「知らない仲じゃないだろう」

ホウはいって、レビブを見つめた。

「オーケー。ホウはグッドフレンド、ポンユウね。教えるよ、車に乗って」

ハマーを示した。

「ありがとう」

ホウとタケルはハマーに乗りこんだ。レビブは立っていた運転手に、二人にはわからない言葉で指示をだし、あとから乗ってきた。

ハマーは六本木の街を走りだした。

レビブはベストのポケットに両手をさしこみ、背中をシートに預けた。

「ホウのこと、捜してる人たちがいる。知ってた？」

「〝本社〟か？」

「知らない。でもたぶんそうね。『ムーン』でツカモトさんが死んだの、なぜか知りたいらしいよ」

「俺にだってわかるわけない。けどあいつは皆に好かれちゃいなかった」

「そうね。ツカモトさん、ビジネスオンリーだから。人生、もっと楽しまなきゃ」

レビブはいって、タケルに片目をつぶってみせた。タケルは嫌だったが笑い返した。

香水の匂いがきつい。

「ラゴスにいった日本人の話だ」

ホウがいった。

「それ、いつ？」

「二週間前だ。名前は村雲」

タケルはいった。レビブは小さく頷《うなず》き、ハマーの窓から外を眺めた。

「その人かどうかは知らない。でも同じ頃、ラゴスのシンジケートが、こっそり日本に人を連れていきたいと、私に相談してきた。変だよ。その人日本人なのよ。なのにこっそり日本に連れてきたい。おかしいね」

「その日本人がこっそり日本に帰りたかったのじゃないか」

レビブは首をふった。

「ちがう。そのシンジケートは悪い奴ら。キッドナッピング《誘拐》が仕事。でもお金は別の人が払った」

「こういうことか。誰かが金を払って、ラゴスにいた日本人をシンジケートに誘拐させた。そしてこっそり日本に送り帰そうとしている?」

「そう、それ!」

レビブはぱっと笑顔になった。年齢の見当がつきにくい。三十はいっているだろうが、そこから先がわからない。四十代なのか、五十代なのか。

「金を払ったのは日本人なのか」

レビブは頷いた。

「私のところに、ホウのことを訊《き》きにきた人と同じ会社の人ね」

タケルはホウと目を見交した。

「〝本社〟か」

ホウがつぶやいた。

「〝本社〟が村雲をラゴスでさらってどうするんだ」

タケルはいった。

「俺たちと同じことを考えたのさ」

ホウが答えた。

「なるほどね。レビブさん、その会社の人に連絡をとれますか」

タケルはレビブを見つめた。

「とれます。どうして？」

「ホウが見つかったって知らせて下さい」

レビブは目をみひらいた。

「それ、駄目よ。ホウがいじめられる」

ホウがタケルを見やり、にやっと笑った。

「ひどい奴だな。友だちを売る気か」

「そうさ」

タケルは頷いた。ホウはレビブにいった。

「レビブ、連絡してくれ。俺を引き渡すって」

レビブは無言でホウとタケルを見比べている。

「こういうんだ。ホウのいる場所がわかったんで教える。あんたはその場にいなくていい」

レビブは首をふった。

「クレージーだよ。連れていかれたら何をされるかわからない」

「連れていかれなけりゃ大丈夫だ。あんたには迷惑をかけない」

レビブは半信半疑の表情でホウを見つめた。やがて首をふり、パンツのヒップポケットから携帯電話をとりだした。

「ハイ、クラタさん。レビブです。今、お話し、オーケーですか？」

携帯電話を操作し耳にあてたレビブは、相手がでると告げた。

「私？ とても元気です。クラタさんは？ それはすばらしい。今日電話したのは、前にクラタさんが捜していた人の居場所わかりましたから。え？ ホウです。リンのボディガードしていた――」

レビブは相手の声に耳を傾けていた。

「そうです。その男です。今何をしているかは知りません。でも私の友だちの日本人が見つけた。その人に、クラタさんの番号教えていいですか」

レビブの目が二人を見比べた。

「オーケー？ わかりました。じゃあ電話してもらいます」

電話を切り、ホウにいった。

「クラタさん、ふだんはとても優しいです。怒るところを見たことがないです。見たくない」

「大丈夫だ。あんたを絶対に巻きこまない」

ホウはレビブの目を見た。レビブはほっと息を吐いた。

「ガイジンがこの国で暮らすのは大変です。皆と仲よくしなけりゃいけません。ホウとも、やくざの人たちとも、警察とも。一番難しいのは警察ね。日本の警察、プレゼント受けとらない。だから友だちになれない」

「警察と友だちになったって、ろくなことなんかない」

思わずタケルはいった。ホウが目で止めた。

レビブは笑った。

「そうですね。警察と友だちになると、他の友だちがいなくなる。それに、警察はガイジンを守らない」

ホウが頷いた。

「今日のことは恩に着る。いつか返すよ」

レビブは笑顔を作った。

「大丈夫。ホウの頼みを断わったら、私、奥サンに殺されます。仲よくなるの、世界で一番難しいのは奥サンね」

ホウとレビブは笑い声をたてた。

二人は麻布十番《あざぶじゅうばん》でハマーを降りた。ドアを閉めようとするとレビブがいった。

「ホウが自殺したくて、クラタさんに会いにいくなら、私は止めない。そうじゃないなら、気をつけて下さい。クラタさんはツカモトさんより、ずっとシャープです」

ハマーが走り去り、二人は商店街を歩きだした。

「ラゴスにいた村雲を、〃本社〃は現地のギャングを使ってさらわせた。村雲なら藤堂の弱みを知っていると踏んだんだ」

ホウがいった。

「そこまでの手間をなぜかける」

「それだけ藤堂を相手に苦戦してるってことだろう」

いって、ホウは考えこんだ。

「どうした」

「カスミが俺たちに連絡をよこさない理由だ」

タケルは立ち止まった。

「〃本社〃との戦争か」

ホウは頷いた。

「藤堂じゃなくてカスミがしかけているのかもしれない。クチナワがいっていたろう。〃本社〃の関連施設が爆破されたり、幹部が暗殺されてるって」

「だからそれは親父の藤堂が頭にきて——」

いいかけ、タケルは黙った。そこまで腹を立てる理由はひとつだ。

カスミが死んだ。

ちがう。カスミは死んでない。

「カスミがやらせてるのか」

タケルはつぶやいた。ホウは頷いた。

「そうだったら、あいつはもう、こちらには戻ってこない」

「戻ってくるさ。張り倒してでも、連れ戻してやる」

クチナワ

「村雲は日本にいるようです。二人がつきとめました」

トカゲがいった。笑みを浮かべている。クチナワはわざと冷たくいった。

「得意そうな顔をするな。どうやってつきとめたんだ」

「六本木のナイジェリア人シンジケートを仕切っている男からの情報だそうです。それによると、〝本社〟がラゴスの組織を使って村雲を誘拐させ、日本に密入国させたそうです」

「藤堂の弱点を知ろうというわけか」

トカゲは頷《うなず》いた。

「二人は、〝本社〟のクラタという男に接触します。村雲の誘拐をセッティングしたのが、クラタだそうです」

「倉田《くらた》啓一《けいいち》だな」

クチナワはつぶやいた。

「ご存じですか」

「〝本社〟の若手では群を抜いて頭が切れる。塚本とはまるでちがう。倉田なら、村雲に目をつけたのも頷ける。負けるケンカはしない男だ」

「二人はクラタから村雲を奪取して、藤堂の情報を得る気です」

クチナワは首をふった。

「無謀だ」

「私がバックアップします」

クチナワはトカゲを見つめた。

「君もかわったな」

「あいつらを見ていると、何もしないではいられなくなるのです。あんな目にあいつづけているのに、一度も弱音を吐かず、助けてくれともいわない」

クチナワは息を吐いた。

「わかったような気がする。なぜ私はうまくいかなかったのか」

「前の部隊のことですか」

「精鋭部隊を作ったとき、犯罪との戦いに負けることはない、と私は信じていた。だが結果はちがった。それは、部隊にとっての戦いがあくまで職務だったからだ」

「あいつらはちがいます。そして私も、警視正も、今はちがう」

「そうだな。職務ではない」

クチナワは頷いた。

「自分たちの戦いだ」

タケル

電話に応《こた》えた男の声はなめらかだった。

「もしもし」

「クラタさんか。レビブの友だちだけど」

「まず、名前を教えてもらえませんか。名前を知らない相手とは、話がしにくいでしょう」
タ、といいかけ、
「タカハシだ」

タケルは告げた。

「タカハシさんか。私が捜している人の情報をおもちと聞きましたが」

「あのクソ中国人だろう。知ってる」

「そういう言葉づかいは好きではありません。彼にもホウという名前がある」

「あいつに貸しがあるんだ。前にクラブでケンカを売られた」

「あなたの知っている人間と、私が捜している人物が同一人物であるかどうかの確認をしたい。外見をいって下さい」

「いかつい野郎だよ。体中にタトゥを入れていて、あまり口をきかない。昔、リンて中国人DJのボディガードをしていた」

「今は何をやっているか、知っていますか」

「いや。中国人の仲間とも縁を切って、ひとりでこそこそしてやがる」

「どこで見つけたのです？」

「恵比寿《えびす》にあるバーだ」

「名前は？」

「忘れちまった。だがそこによく顔をだしているらしい。場所はわかっているから、案内できるぜ」

クラタは沈黙した。かたわらで聞いていたホウが、口で「カネ」という形を作った。

「レビブの話じゃ、謝礼がでるって聞いたけど……」

「タカハシさんの情報が正しければ。わかりました。私の部下がお会いします」

「どうすればいい？」

「六本木にきて下さい。レビブさんの店の前でピックアップします」

電話は切れた。

アツシ

クラブの入口の前にたたずむタケルの姿を、ホウはフルフェイスのヘルメットの奥から見ていた。まだ空は明るく、クラブは開店していない。クラタは待ち合わせの時間を、午後四時と指定したのだ。

白いワゴン車が六本木交差点方面から走ってきてハザードを点《とも》した。ホウはナンバーを記憶した。

助手席のドアが開き、スーツの男がひとり降りた。男はガードレールをまたぎ、タケルに近づいた。二人はふた言み言話し、ワゴン車に乗りこんだ。

ワゴン車が発進すると、ホウはまたがっていたバイクのエンジンをかけた。バイクでの尾行は、こちらにスピードがあるぶん、難しい。いくらでも追い抜けるのに、ずっとうしろについていたら、尾行していると見抜かれてしまう。

ワゴン車は飯倉片町の交差点を直進し、東京《とうきょう》タワーの方角に向かっている。ホウは、サイドミラーに映らないように用心しながら追尾した。

東京タワーの前を通りすぎ、坂を下って左折する。道なりに進んで右側にあるシティホテルの青空駐車場に入った。

ホウはバイクを止めた。いったい何をするつもりなのだ。クラタの手下は、タケルにまっすぐ恵比寿に案内しろと求めるだろうと、二人は予想していた。

ホウの位置からでは、タケルがワゴン車を降りたかどうかは見えない。ワゴン車やタケルが駐車場をでてくれれば視界に入る。シティホテルの駐車場に近づくのは危険だった。ホテルでのバイクは目立つからだ。

ホウは待った。一時間が過ぎた。その間に、駐車場に入る車はなく、でてきた車は一台だけだ。窓にスモークシールを貼ったメルセデスだ。

ホウは不安になった。車内で話すにしても長すぎる。それともクラタを待っているのか。

決心し、ホウはホテルの駐車場にバイクを進めた。白いワゴン車は駐車場の隅に止まっていた。

中に人の姿はない。

ホウは唇をかんだ。あのメルセデスだ。タケルを連れにきたクラタの手下は、ここで車を乗りかえたのだ。

タケルを見失ってしまった。

タケル

「クラタの使いの者です」

迎えにきた男はいった。そしてタケルがワゴン車に乗りこむと、

「携帯電話を預からせて下さい。のちほどお返ししますので」

と告げた。

「なんで？」

「お預かりできないのなら、話は終わりです。謝礼もお払いできません」

男の物腰はやわらかく、やくざには見えない。が、口調はきっぱりとしていた。

タケルは携帯電話をとりだした。メモリーには、カスミやホウの名前が入っている。チェックされたら終わりだ。だが受けとった男は、携帯電話を車内にあったジュラルミンの箱にしまった。内張りが厚く、電波を通さないケースだ。

それをルームミラーで見届けて、ワゴンの運転手は発進した。

「どこにいくんだい？　恵比寿だろう」

タケルはいった。

「まずクラタに会っていただきます。クラタがお話をしたがっていますので」

男はいった。

「じゃ、クラタさんのとこへいくのか」

男は答えなかった。

ワゴン車はホテルの駐車場に入った。

「降りて下さい」

タケルは言葉にしたがった。駐車場の出口に向かおうとすると、男が止めた。

「その車に」

運転手が、止まっていたメルセデスのドアを開けた。車を乗りかえるようだ。

ホウは気づくだろうか。タケルはあたりを見回したいのをこらえた。メルセデスの後部席に乗りこむ。

メルセデスがホテルの敷地をでたとき、通りの向かいに止まっているホウのバイクが見えた。スモークシールのせいで、ホウからはこちらの姿が見えない。メルセデスが前を通りすぎても、フルフェイスは駐車場のほうを向いている。

携帯電話を奪われた理由がわかった。GPS機能を使っての追跡を妨げるためだ。

メルセデスはそのまま走り、第一京浜《けいひん》に入った。南下し、横浜《よこはま》方面へと向かう。

男も運転手もよぶんな口は一切きかなかった。タケルは覚悟を決めた。いきなり殺されることはない筈《はず》だ。

品川《しながわ》を過ぎ、しばらく走ると左折する。そのあたりには土地勘があった。チームに加わるまで住んでいた東品川が近い。

メルセデスは東京湾岸に向かっている。大井埠頭《おおいふとう》はすぐ先だ。手前には倉庫街や清掃工場がある。

やがてメルセデスは、運送会社の看板が掲げられた敷地に入った。大型トラックが何台も止まり、荷物のあげおろしがおこなわれている。事務所と思《おぼ》しい建物の前で止まった。

「降りて下さい」

男がいった。見慣れているのか、メルセデスに目を向ける作業員はひとりもいない。

「ここは何だい？」

「クラタが管理している会社のトラックヤードです。クラタは忙しく、ここでお会いしたいと申しています」

タケルは頷《うなず》き、メルセデスを降りた。いざとなれば、ひとりやふたりなら、ぶちのめして逃げだす自信はある。

「二階へ」

男は、建物の外階段を示した。金属製の階段をタケルは上った。二階の踊り場にドアがあり、「立入禁止」のプレートが貼られている。男はドアをノックした。

中からドアが開かれた。ツナギの作業服を着た、プロレスラーのような大男が顔をだした。

「連れてきました」

「ご苦労さん」

大男はいって、タケルに顎《あご》をしゃくった。

「入れ」

中は、事務机と応接セットのおかれた部屋だ。応接セットのソファに、同じような作業服を着た男がすわっていた。

「申しわけない。こんなところまできていただいて」

男がいった。クラタの声だ。顔は若々しいが、髪の毛が薄い。

「どうぞ、すわって下さい」

クラタは向かいのソファを示した。大男がドアを閉め、中から鍵《かぎ》をかけた。

クラタは色白で、やさしげな顔をした男だった。頭が薄くなければ、三十前でも通りそうだ。

「タカハシさん？　クラタです。よろしく」

「よろしく」

大男がプラスチックのカップに入ったコーヒーをタケルの前においた。

「彼はここの責任者で、カガといいます」

大男はタケルを見て、小さく頷いた。

「びっくりしたでしょう、こんなところにお連れして。本当なら、もっとちゃんとしたオフィスでお会いしたかったのですが、このところ我々のオフィスはちょっと物騒なことになっていまして」

タケルは無言でクラタを見つめた。クラタはタケルと会ったときから、ずっと笑みを浮かべている。

「それでいろいろ用心をしているのです。タカハシさんには関係のないことですが。いや、申しわけない」

「物騒って、警察に監視されているとか、そういうことかい」

タケルはわざと乱暴な言葉づかいをつづけることにした。クラタには、「馬鹿な若造」と思わせておいたほうがいいような気がする。

「警察とのおつきあいに変化はありません。我々のことを誤解している人から、いろいろな抗議をうけていまして」

爆破や狙撃《そげき》が「抗議」なのか。つっこむわけにいかず、タケルは頷いた。

「さっ、ホウさんの話をしましょう」

クラタはいって身をのりだした。

「ホウさんを見たのは、恵比寿のバーだといいましたね。なぜそのバーにいったのです？」

「なぜって、その近くで女と待ち合わせていたからさ。ちょっと時間が早かったんで、暇潰《ひまつぶ》しに寄ったんだ。そうしたら、奴がいた」

「ホウさんはひとりでしたか」

タケルは頷いた。バーは、「グリーン」を想定していたが、連れていくつもりはなかった。そうなる前に、タケルとホウはクラタから村雲の居どころを訊《き》きだす予定だったのだ。

計画が狂った。

「ひとりだったように見えた」

「じゃあ、その店によくきているのですね」

「たぶんな。奴に気づかれたくなかったんで、さっさと店をでた」

「なるほど。ホウさんの外見は？　あなたが出会った頃とかわっていましたか」

「かわったといえば、かわったかな」

タケルは答えた。

「どんなふうに？」

「前に比べて、丸くなったように見えた。昔はもっととんがっていて、日本人を嫌ってたけど、ふつうになってた」

本当のことだ、とタケルは思った。ホウはかわった。俺もだが。

クラタは頷いた。

「私がホウさんを捜していたのは、クラブ『ムーン』で起こった、不幸な事故についていろいろお訊《たず》ねしたかったからなんです」

「リンがＤＪブースから落ちて死んだ一件だろ」

「あなたもその場に？」

クラタの目が一瞬、鋭さを帯びた。タケルは首をふった。

「俺はいなかった。噂で聞いただけだ」

「そうですか。ホウさんは、リンさんとずっと行動を共にしていた。ですからリンさんが亡くなったことは、大変なショックだったにちがいありません。そのせいかどうか、その後、ホウさんの行方がわからなくなったのです」

「俺にはわからねえ。奴とそんなつきあいはないんだ。いったろう、貸しはあっても借りがあるわけじゃない」

クラタは小さく頷いた。

「とにかく奴の情報を渡せば金がでるって聞いたから、俺はここにきたんだよ。もらうものもらえば、用はない」

「おい」

大男のカガが口を開いた。唸《うな》るような声だった。

「口のききかたに気をつけろ、小僧」

クラタがさっと右手をあげた。

「そういう威《おど》しはよくない。タカハシさんはせっかく我々に協力して下さっているんだ。

そうでしょう?」

タケルは息を吐いた。

「ああ」

「だったらもう少し、私の話につきあって下さい。『ムーン』の一件のあと、ホウさんはどこにいるのかわからなくなった。彼は死んだリンとちがい、中国人ではない。中国残留孤児の三世で、その仲間もいたのだが、彼らとも連絡がとれなくなった。ところが、二ヵ月ほどして、意外な場所に、ホウさんらしき人が現れた」

クラタはじっとタケルの目を見ている。

「意外な場所?」

しかたなく、タケルは訊き返した。

「川崎《かわさき》にあった、不法滞在中国人が占拠していた古い団地です。中国政府に弾圧されている宗教団体が自治組織の中核にあったため、警察や入管も手をだせずにいた。政治がからんでいたのでしょうね。ホウさんはそこに、男女二人とやってきた。残留孤児三世の兄妹《きょうだい》だが、日本語しか喋《しゃべ》れないという二人組を連れて、やくざと警察の両方から逃げたい、といってね」

タケルの背筋が冷たくなった。いっしょにいた二人というのは、タケルとカスミのことだ。

「じゃ、今もそこにいるのじゃないか」

クラタは首をふった。

「彼らが現れて数日後、警察は大がかりなガサ入れをその団地に対しておこなった。理由は二つありました」

タケルの目を見すえている。タケルは無言で見返した。試されている。

「ひとつは、その団地内で、子供ばかりを狙った連続殺人が発生していた。もうひとつは、団地の外れにある工場で、薬品の製造がおこなわれていたからです」

「薬品て何だよ」

「皆が好きなクスリです。その団地には、中国の製薬工場で働いていた技術者も住んでいました。団地内で作られたクスリは、外に運びだされ、多くの人間の懐ろを潤していた。したがって警察が入り、工場が閉鎖されたことを痛手に感じる者は多い。そういう人たちにとって、ホウさんを含む三人が団地に現れたことと警察のガサ入れは、無関係には思えないのです」

タケルはぽかんと口を開けてみせた。

「わかんねえ。どういうことだ？」

クラタは小さく笑った。

「わかりませんか？　ホウさんは、警察に協力しているのではないか、と疑っているんです」

「ええっ。あいつがマッポに？」

クラタは頷《うなず》いた。

「なんでそんなこと、するんだ？　あいつは大の日本人嫌いだろう」

「私もそう聞いています。そこで鍵となってくるのが、ホウさんとともにその団地に現れた、男女二人です。そのうちの女性のほうの正体を我々はつきとめている」

わきの下に嫌な汗が浮かんだ。暑くもないのに、冷たいしずくがつうっとわき腹を流れていくのがわかった。

「誰なんだよ？」

「藤堂カスミ、という少女です」

「ホウの女か？」

クラタは首をふった。

「おそらくちがう。藤堂カスミは、我々とも一時、つきあいのあった大物業者の娘です」

「大物業者？」

「簡単にいえば、ギャングのボスです。国際的な犯罪組織を率いているが、極道とはちがう。外国人メンバーも多く、組織の主体は日本にはなかった。なので我々と摩擦を生じることもなく、いろいろなつきあいをしていた」

「あのさ、我々って、何なの？　もしかしてやくざ屋さん？」

「もちろんご存じだと思っていましたよ、タカハシさん」

「俺が知っているわけないじゃん。俺はただ——」

「レビブさんから我々の話を聞いただけ、ですか」

「そうだよ。あんたらがやくざだって知ってたら、のこのこくるもんか」

クラタはカガをふりかえった。カガがにやりと笑った。

「見せてやりますか」

クラタは頷いた。カガが作業服のポケットから写真をとりだし、テーブルの上においた。

粒子の粗い写真だった。暗がりで赤外線カメラを使って撮影したものだとわかる。ミドリ町の団地の入口に立つ、ホウとカスミ、そしてタケルの姿が写っている。

クラタが身をのりだした。

「貸しはあっても借りはない、そういってましたね。我々をあまりなめてもらっては困りますよ」

低い声だった。

「覚悟はできてるんだろうな」

カガがいった。

タケルは息を吐いた。ひっかけたつもりが、ひっかけられたのだ。

クラタが作業服から拳銃《けんじゅう》を抜いた。

「お前らが相当な暴れ者だというのは聞いている。だから用心深い私は、こうして道具まで用意した。ここでお前の頭をぶち抜いても、誰も困らない。死体はうちのトラックが、山奥の産廃施設に運んでいって捨てる」

銃口をタケルに向け、いった。タケルはまっすぐそれを見つめた。

「こんなものか、クソ。やっぱり頭がいなけりゃ駄目なんだ」

思わず吐きだした。

「何をいってる」

「俺があんたたちに接触した理由だ。カスミを捜してる」

「なぜだ」

「ずっと行方がわからない。たぶん親父の藤堂といるのだと思う」

「ナメたことといってるんじゃないぞ。小僧、目的は何だ？」

カガが唸った。

「だからカスミの居場所だよ。あんたたち〝本社〟と藤堂は、今、戦争中だ。藤堂の居場所をつきとめるために、〝本社〟はラゴスにいた村雲を日本に連れてきたのだろう。その結果を、俺は知りたかったんだ」

「ホウもグルか」

「グルなわけないだろう。俺とあいつは、カスミをめぐって大喧嘩《おおげんか》だ。俺たちはどっちも——」

タケルは口をつぐんだ。クラタがいった。

「つまりお前は、惚《ほ》れた女の居場所を知りたいがために、恋敵のホウを売った、と」

「ホウと俺は何の関係もない。たまたまカスミが連れてきただけなんだからよ。クソ中国人のくせに、カスミに色目使いやがって。カスミは俺の女なんだ」

クラタはあきれたように首をふった。

「サツと組んでいるのはどっちだ？　ホウなのか、カスミなのか」

「たぶんカスミだ。奴の親父のことをしつこく追っかけてる刑事がいて、そいつと連絡をとってたみたいだから。俺たちは、カスミにいわれる通りに動いただけだ」

「妙だな」

クラタはつぶやき、銃口をおろした。

「なぜカスミが警察の片棒を担ぐ？」

「それは俺も知りたい。あいつと藤堂の関係はふつうじゃない。憎んでんだか、尊敬してんだか、まるでわからない。ただ、あいつは親父に対して、ふつうじゃない感情をもってる」

「カスミと最後にあったのはいつ、どこでだ？」

「もうひと月以上前、新宿タワーホテルだ。お宅らの城戸って人がいっしょだった」

城戸の名を聞き、カガは顔色をかえた。

「城戸さんを殺《や》ったのは、お前らか」

「ちがう」

クラタは落ちついていた。

「もっと状況を話してみろ」

タケルは覚悟を決めた。できる限り真実に近いことを話す。このクラタという男は頭が切れる。下手な嘘やいいわけは見抜かれるにちがいない。

「俺も詳しくは知らないが、城戸はクラブに集まるような若い連中を使って、いろいろな騒ぎを起こしていた。それが株価に影響して金儲《かねもう》けになったらしい。カスミはその件を調べるために、若い連中のグループに参加していた。ところが警察の幹部の中に、カスミの活動を知っている奴がいて、密告《ちく》ったんだ。カスミは城戸につかまって殺されそうになった。俺とホウは、カスミを助けようとタワーホテルにいった。そこへ警察も乗りこんできて、撃ち合いになった。そのときカスミに流れ弾が当たり、救急車で運ばれた。ところが救急車の運転手は偽者で、カスミはそれきりどこかに消えちまったんだ。たぶん藤堂が連れていったんだ」

「なぜ藤堂の仕業とわかる?」

「藤堂から俺に電話がかかってきたんだ。撃ち合いになる直前で、俺とホウはホテルのロビーにいた。藤堂はいった。上の階で、カスミ以外の連中は〝本社〟に皆殺しにされた。カスミを連れた連中が降りてきたら、ロビーをまっ暗にする、そのスキにカスミを助けだせ、と」

クラタは眉《まゆ》をひそめた。

「つまりその場に藤堂もいた、ということか」

「わからないけど、きっといたんだと思う。エレベータからカスミたちが降りてきたら、本当にロビーがまっ暗になった。ホウが天井めがけピストルを撃ち、大混乱になった。俺はカスミを連れていた奴をぶっとばして、手をひっぱった。銃撃戦が始まって、城戸とその手下がまっ先に撃たれた。けど、カスミも背中を撃たれた」

「城戸さんたちを撃ったのはホウか」

「ちがう」

「では警察か？」

タケルは首をふった。

「藤堂か」

「か、その手下だと思う」

クラタは横を向いた。煙草をくわえる。カガが体をかがめ、さっとライターの火をさしだした。

「つまり戦争は藤堂が先にしかけたってことだ」

ひとり言のようにつぶやいた。

「奴が先に撃たなけりゃ、奴の娘も死ぬことはなかった」

タケルは全身から血がひくのを感じた。

「カスミは死んだのか」

クラタはちらりとタケルを見た。

「そう考えるのが妥当だろう。あれ以来、藤堂はしつこくうちにケンカを売ってきてる。娘を殺された恨みで、頭に血が昇ってるからだ。だが今のお前の話を聞いて、先に撃ってきたのは藤堂のほうだというのがわかった。娘が死んだのは不幸だが、それは結果で、原因を作ったのは藤堂というわけだ」

「あんたらは藤堂を捜しているのだろう。もう、見つけたのか？」

クラタは答えなかった。

「なあ、教えてくれ。見つけたのか」

「お前には関係ない。自分の心配をしたほうがいいんじゃないか」

カガがいった。

クラタは煙を吐き、カガを見た。

「ホウの居どころはこいつがきっと知ってる。吐かせて、二人とも始末しろ」

「ふざけるな。俺の情報も役に立ってるじゃねえか」

クラタはタケルを見た。

「確かにな。だがサツの手先と仲よくする理由はこっちには何もない。藤堂は、こちらの手打ちの申しでを無視してやがる。奴がそこまでアツくなってるのは、娘が死んだからだろう。お前とホウも、その惚れた娘のところへ送ってやる」

「カスミは死んでない」

「そう思いたいのはわかるが、藤堂のでかたが証明している。これまで奴は、うちを敵に回したことはなかったんだよ」

タケルは決心した。イチかバチかだ。

「協力するぜ。藤堂を見つけるのを手伝う」

クラタは首をふった。

「馬鹿なことをいうな。お前らみたいにサツとつながってる奴と組めるか。裏でカタをつけろ」

最後のセリフはカガに向けたものだった。

アツシ

タケルを見失ったことを、ホウはすぐトカゲに知らせた。トカゲやクチナワを頼るのはくやしかったが、カスミがいない今、何が最善なのかが判断できない。

二十分後、トカゲがハンドルを握るクチナワのワゴンがホテルの駐車場にすべりこんだ。

「乗れ」

運転席の窓からトカゲがいい、後部席のスライドドアが開いた。ホウは乗りこんだ。

クチナワが三台のパソコンを前にしていた。うち二台は、画面が四分割され、クチナワの指が忙《せわ》しくキィボードの上を動いている。

「お前が見たメルセデスはこれか」

そのうちのひとつの画面を止め、クチナワが訊《たず》ねた。他の画面には、ひっきりなしに車が走る道路が映しだされている。

「たぶんそうだ」

クチナワの指が動いた。

「ヒットした。第一京浜だ」

トカゲに向かっていう。

「了解しました」

ワゴンは走りだした。

「何だい、それは」

ホウは訊ねた。

「Nシステムだ。主要幹線道路、高速道路に設置されたカメラが二十四時間、通行する車輛《しゃりょう》のナンバーを撮影している。検索をかければ、どの時刻にどこを通過したかが割りだせる」

さらに別のカメラの映像がストップモーションで画面に表示され、クチナワはいった。

「大井埠頭《ふとう》方面に向かえ」

そして使っていない一台をたちあげ、キィボードを叩《たた》き始めた。

「わかったぞ。東海《とうかい》四丁目に〝本社〟関連の運送会社がある。たぶんそこに連れこまれている」

そしてホウをふりかえった。

「ミドリ町にあった工場で作られていたエスを運んでいたトラックが、ここの運送会社のものだ」

「だったら、タケルがヤバい」

クチナワは頷《うなず》いた。

「ミドリ町に出入りしていた人間から、お前らの正体がバレている可能性がある」

「くそ。〝本社〟をうまくひっかけたつもりだったのに――」

「倉田は頭が切れる。ひっかかったフリをして、逆にお前たちの目的を知ろうとしたのだろう。『ムーン』やリベレイターの一件ともお前たちがかかわっていたとわかれば、確実にタケルは殺される」

「サイレン鳴らせよ！」

ホウはトカゲに怒鳴った。

「それは得策ではない。パトカーが急行しているとわかったら、倉田はタケルに対する訊問《じんもん》を打ち切って、すぐに殺すだろう。死体をトラックで運びだされたらそれきりだ」

ホウは拳《こぶし》を握りしめた。

「じゃあそいつらを包囲して逃げられなくしろよ」

「この段階で応援は要請できない。いまだにお前たちを使っていることを上層部は知らないからだ」

「何だって？　どういうことだ」

「リベレイターの一件で、私のこの捜査活動をバックアップしていた委員会は解散した。そのメンバーの中に、リベレイターにかかわっていた者がいたからだ」

「意味がわからねえ」

「つまり、私とトカゲ、そしてお前ら二名の捜査活動は、非合法だということだ。我々が押収した証拠は裁判で使えない。それどころか、こうしてNシステムのデータに接続したことすら、違法行為のそしりをうける可能性がある。警察は、私とトカゲを含め、お前たちの支援をおこなわない」

「じゃあなぜ、俺たちを動かしたんだ」

ホウはクチナワをにらみつけた。

「私も警察の支援をうけない決心をしたからだ。ここにいる二人とお前たちは一蓮托生《いちれんたくしょう》だ。全員が逮捕される危険を冒して、藤堂を追っている」

タケル

「立て」

カガが銃を向け、いった。タケルは歯をくいしばった。カスミを捜しだすために打った手が、逆に自分の首を絞めている。ここで殺されたら元も子もない。

「俺がサツの手先だったら、俺を殺せばあんたも終わりだ」

「確かにな」

クラタが答えた。

「だから車を乗りかえさせ、携帯もとりあげた。尾行がついてなかったことは確認ずみだ。今ここにお前がいることは、誰も知らない」

「そんなのわからないぞ。俺が体に発信機をつけてたらどうする」

クラタは笑みを浮かべた。

「このあたりは、運送会社のトラックヤードが集中している。つまり無線を積んだトラックが何百、何千台と走っているんだ。ちゃちな発信機の電波など弾《はじ》き飛ばされてしまう。だからここに連れてきたんだよ」

「痛くないように、一発でケリをつけてやる」

カガがいった。クラタが蝿でも追うように手をふる。

「さあ、いった、いった」

タケルは立ちあがった。

カガの銃口に背中を押されるようにして、タケルは建物の外階段を下りた。さっきまで荷物のあげおろしがおこなわれていたトラックヤードから人影が消えている。階段の手すりにかけた指先が冷たくなっていくのをタケルは感じた。不気味だった。これから起こることを察したように、従業員がひとりもいなくなったのだ。

「なあ、俺を今ここで殺しても、あんたらが得することは何もないぜ」

階段の途中で立ち止まり、タケルはカガをふりかえった。

「いいからいけ」

カガは二段上から銃を向けていた。とびつこうにもとびつけず、狙いは外しようのない、絶妙の距離だ。

タケルは唇をかんだ。こんなところでくたばりたくなかった。カスミに会うまでは、死んでも死にきれない。

「裏だ」

階段を下りきるとカガはいった。建物の裏手に、コンテナの積まれた区画があった。中央にドラム缶がおかれ、炎があがっている。不用な木枠やダンボールを燃やしているようだ。

「止まれ。膝《ひざ》をつけ」

タケルは膝を折りかけ、その反動を使って跳んだ。ドラム缶の陰にとびこむ。カガが撃った。ドラム缶が揺れ、中で燃えている材木がぱっと火の粉を散らした。

ドラム缶のかたわらに、焼けこぼれた黒焦げの板切れが落ちていた。それをつかみ、タケルは投げた。カガが左手ではらう。そのすきに体を低くしてとびかかった。

腰にしがみついたが、あっさり投げとばされた。恐しいほどの腕力だ。仰向《あおむ》けに地面に叩きつけられ、はね起きようとしたところを踏みつけられた。

腹を踏まれ、タケルは動けなくなった。カガが手にした銃をタケルの顔に向けた。

「くっ」

タケルは思わず目を閉じた。

カガの体がよろめき、腹の上の重みが消えた。タケルが目を開くのと同時に銃声が聞こえた。

カガの作業服の胸に赤い染みが広がっていた。カガはびっくりしたように自分の胸を見やり、唇をわななかせた。そのまま大木が倒れるように、横倒しになる。

タケルは地面を後退《あとずさ》りした。

何が起こったのだ。誰かがカガを撃ち、自分が助かったというのを理解するまで、時間がかかった。

あたりを見回した。カガを撃った人間を捜す。誰もいない。

建物を見上げたが、裏側には窓がなく、階段にも人影はなかった。

カガに目を戻した。背中に大きな穴が開いている。ひと目で死んだとわかるほどの穴だ。

タケルは立ちあがった。膝が震えていた。

がくがくする足を踏みしめ、建物の表側にでた。そのとき、見覚えのあるワゴンが、トラックヤードに進入してきた。

アツシ

「いたっ」

ホウは叫んだ。タケルが広いトラックヤードの端にある、二階だての建物のかたわらに立っているのが見えた。周囲には誰もいない。

トカゲがワゴンをまっすぐタケルに向け走らせた。

タケルはどこか虚《うつ》ろな表情でつっ立っている。ワゴンが急停止すると、ホウはスライドドアを開け、とびだした。

「タケル、無事か？」

「あ、ああ」

その顔や服に、赤い染みが散っている。

「怪我したのか」

「いや……」

タケルはぼんやりした顔のまま、首をふった。

クチナワが車椅子を操作し、ワゴンから降りてきた。

「倉田はどこだ」

「上にいる」

クチナワの問いにタケルが答えると、運転席を降りたトカゲが銃を抜いた。

「ひとりか」

「たぶん」

クチナワはトカゲに頷《うなず》いてみせた。トカゲが外階段に向かって走った。

クチナワの車椅子がタケルに近づいた。

「血を浴びてるな。何があった？」

「撃ったんだろ」

タケルは少し落ちついたような顔になって、クチナワにいった。

「誰を？」

「カガだよ。たった今、俺を殺しかけてた」

タケルは建物の裏手を示した。

クチナワが車椅子を回転させ、ホウもその横について、建物の裏手に移動した。

　炎と煙をあげるドラム缶の横に、大男が倒れていた。手に拳銃《けんじゅう》を握っている。驚いたように目をみひらいたまま、死んでいた。

「クラタに正体がバレてた。ここで撃たれるところだった。そうしたら――」

　クチナワは車椅子を動かし、大男の死体に近づいた。

「ライフルだ。この大きな射出口は、ライフルで狙撃《そげき》されてできたものだ」

「あんたやトカゲじゃないのかよ」

　タケルの問いにクチナワは首をふった。

「撃たれたとき、この男はどこにいた？」

　クチナワの問いに、タケルは瞬《まばた》きをした。

「え？　ここに立って俺の腹を踏んづけてた」

「どちらを向いて？」

「ええと――」

　タケルはトラックヤードの隅を示した。

「あっちのほうだ」

　ジーッという音をたて、車椅子が動いた。

　積まれたコンテナとコンテナのあいだから、広い道が見え、その向こうに木が生い茂った、公園らしき緑があった。

「公園があるな」

「車高のある、バンかトラックを止め、その荷台にライフルをおいて狙ったのだろう」

クチナワはいった。

「誰が？」

タケルが訊《たず》ねた。

「この男を撃った者がだ」

「警視正」

声に三人はふりかえった。うしろ手に手錠をかけられた男をトカゲが連れている。

「カガ！」

男が叫び声を上げた。大男の死体に気づいたのだ。

「車に乗せろ」

クチナワがいった。男はクチナワをにらんだ。

「お前らがやったのか?!」

「ちがう。だからぼやぼやしていると、お前も狙撃されるぞ」

クチナワが答えると、男の顔から血の気が引いた。男は自らクチナワのワゴンに乗りこんだ。

「いくぞ」

クチナワがタケルに告げた。

「いいのかよ、このままで」

「我々にできることは何もない」

クチナワの答に、タケルは怪訝《けげん》そうな表情を浮かべた。

「いいからいこう」

ホウはタケルに首を傾けてみせた。

クチナワ

ワゴンが発進すると、クチナワは倉田の正面に車椅子を移動させた。倉田の両手はそれぞれ手錠で座席に固定されている。

ワゴンは渋谷のアジトに向かっていた。アジトをいまだにチームが使っていることを知る者は少ない。

倉田は加賀《かが》の死体を見た直後こそ動揺していたものの、ワゴンが走りだしてからは落ちつきをとり戻したようだ。

「倉田啓一だな。〝本社〟の若手では切れ者で知られているお前が、下手を打ったものだ」

「誰だか知らないが、下手打ったって何だよ。俺は何もしてないぞ。むしろ被害者だ」

倉田はクチナワを見返した。

「何の罪で俺をパクる？」

「誘拐、監禁、そして殺人未遂といったところだ」

「立証できるのか。そいつは、レビブを通して俺に近づいた。つまり囮捜査《おとりそうさ》だ。クスリでもないのに囮捜査をしたとなったら、マズいんじゃねえのか。だいたい、加賀を殺《や》った奴をつかまえるほうが先だろうが」

「だったら尚《なお》さら、お前の協力が必要だな」

クチナワは冷ややかに答えた。

「あんた本当に刑事なのか。車椅子に乗っている刑事なんて聞いたことがない」

「ふだんはお前たちとつきあいがないからな」

倉田は首を回し、ホウとタケルを見た。

「こんな奴らを使って、セコい捜査をしてるからか」

「藤堂は、こいつらの手打ちの申しでを無視してるっていってた」

タケルが怒りを抑えた口調でいった。

「つまりこの男と藤堂との間にはパイプがある、ということだ」

クチナワは倉田の目を見すえた。

「何なんだ、あんたら。何が目的なんだよ」

「こいつから聞いていないのか」

クチナワは目でタケルを示した。

「藤堂の居場所か？」

「そういうことだ」

倉田は顎《あご》をひき、クチナワを見返した。

「取引しようってのか」

「何の話だ？」

クチナワは訊《き》き返した。

「俺をパクったのは、藤堂の居場所が知りたいからだろうが」

「知っているのか」

「そんなことは教えられないな。取引しようってのに、この態度は何だ。ワッパかけてつながれて、俺が取引に応じると思ってるのか。まず外せや、このワッパをよ」

クチナワはジャケットから手錠の鍵《かぎ》をだし、タケルにさしだした。

「左手だけ外してやれ」

タケルは無言で手錠を外した。

「こっちは?!」

倉田はガチャガチャと右手を動かした。

「お前がここにいるのは、パクられたこともあるが、保護するためでもある。もしあの場に残してきたら、今ごろ加賀と同様、狙撃されていた」

「藤堂の野郎は頭にきてるのさ。娘を殺ったのが俺たちだと思って」

「カスミは死んでない」

タケルがいった。倉田はあきれたように首をふった。

「さっきからこいつはそればっかりだ。おい、お前がホウだろう」

ホウに目を向けた。

「塚本さんを殺ったのはお前だな」

やさしげな顔が一変し、憎々しげに告げた。

「落とし前はつけるからな」

「塚本を殺したのは彼じゃない」

クチナワは告げた。

「じゃ誰だ」

「私だ」

倉田は息を吸いこんだ。

「あんた、いったい何者だ。サツじゃないのか」

「そんなことは教えられないな」

ついさっきの倉田のセリフをクチナワは返した。倉田はクチナワをにらみつけ、ついで表情を一変させ、笑顔になった。

「参ったな。あんた只者《ただもの》じゃない。わかった、わかった。協力するよ。俺を放してくれるならな」

抜けめのない口調だった。

クチナワは葉巻をとりだし、火をつけた。それを見ていた倉田はいった。

「葉巻を吸うデカなんて見たことがない」

「自ら警察に協力するという極道も、な」

クチナワは倉田の目を見つめた。

「このあとお前の頭をぶち抜いて、そのあたりに転がしておいても、藤堂の仕業だと誰もが思う」

「何だよ、それ。あんた、俺に何か恨みでもあるのか」

倉田は信じていないというように、歪《ゆが》んだ笑みを浮かべた。

「恨みは、ない。ただ、害虫には厳しくあたるべきだというのが、私の信念だ。どれほど厳しくしても、厳しすぎるということはない。さらにいえば、目的のためには少々いきすぎた手段をとることもやむをえないと考えている」

「協力するっていってるのに、なんで威《おど》すんだよ」

倉田の口元から笑みが消えた。

「その意志が本物であることを願っているからだ。もし適当な答ではぐらかしたり、その場逃れの嘘をいうなら、後悔するぞ」

クチナワは倉田と見つめあった。先に目をそらしたのは倉田だった。

「藤堂の居場所は、俺も知らない。本当だ」

「村雲は知っているんだろ」

　タケルが勢いこんでいった。クチナワは左手をあげ、それを制した。

「お前たちは藤堂に手打ちの申しでをしたといったな。それは村雲を通じて伝えたのか」

「そうだ。だが逆効果になっちまった。村雲は、藤堂にとっちゃ裏切り者だ」

「村雲はどこにいる？」

　倉田は息を吐き、視線をそらした。

「千葉《ちば》だ。京葉《けいよう》道路沿いにたってる潰《つぶ》れたラブホテルに、奴はいる」

「そこに何日いるんだ？」

「ずっとだ」

「ずっと？」

「ラゴスから日本に連れてきて、成田《なりた》からまっすぐそこだ。ずっと閉じこめている」

「藤堂との連絡は、どうやってとらせた？」

「奴の携帯の番号を、村雲が知っていて、それにかけた」

　クチナワは頷《うなず》き、倉田に告げた。

「案内してもらおうか」

京葉道路沿いにあるラブホテルまで、一時間足らずで到着した。三軒のラブホテルが隣《とな》接してたっていて、その中央にある「クイーン」というホテルだけが、看板に明りが点っていない。

アツシ

トカゲはラブホテルの入口から百メートルほど離れた位置でワゴンを止めた。

「中に何人いる？」

クチナワが倉田に訊《たず》ねた。

「三人、いや四人だ」

「武装しているな」

倉田は頷いた。

「君もいけ」

クチナワは、トカゲに命じた。

「なるべく騒ぎにならないようにかたづけて、村雲を連れてこい」

「了解しました」

トカゲはシートベルトを外し、運転席から立った。

「待った。ホテル街を男三人で歩いたんじゃ目立ちすぎる」

ホウはいった。クチナワがホウを見た。

「まず俺がひとりでいって、ようすを探ってみる」

「見張りに咎《とが》められたら何という？」

「デリヘルを呼びにきた。両隣が満室なんで、潰れてるのを知らないで、空き部屋がないか見にきたっていう」

「わかった。携帯に連絡をしろ」

クチナワが頷き、トカゲは再び運転席に腰をおろした。

「ホウ」

いったタケルに、

「今度は俺の番だ」

頷いてみせ、ワゴンを降りた。

京葉道路がすぐ横を走っているため、フェンスごしに、車のエンジン音がひっきりなしに聞こえる。少々の叫び声や、もしかすると銃声すら、この騒音にかき消されてしまうだろう。

ホウはワゴンがきた道を戻り、ホテル「クイーン」の前に立った。歩いてくる者はほとんどいないのか、駐車場の入口しか見当たらない。ただし入口には「閉鎖しました」という、立て札がある。

やむなく駐車場に入った。ホテルの一階部分を占める、コンクリート打ちっぱなしの空間だ。ざっと二十台以上の車を止められるスペースがあるが、奥にバイクが一台とバンが一台止まっているだけだ。

駐車場の天井には監視カメラがある。もしカメラが作動しているなら、入ってきた自分の姿を見て、すぐにでも誰かくるだろう。

そう思って、ホウは駐車場の中央で待った。

最初にくる奴は、いきなり銃を抜いたりはしない筈《はず》だ。追いだすのが目的なのだから、銃を見せたりしたら、通報される危険がある。

最初の見張りを殴り倒し、トカゲとタケルを呼べばいい。

だが五分以上待っても、駐車場には誰も現れなかった。

すると監視カメラは作動していないのだ。

駐車場の奥に階段があり、矢印で「フロント」と二階を示している。

ホウは階段をあがった。曇りガラスをはめこんだ自動扉があった。スイッチが切られているのか、立っても反応しない。が、手をかけてひっぱると、ずるずると開いた。

扉が開いた瞬間に、濃い血の臭いをかいだ。まっ暗な空間に、緑と白の「非常口」のランプだけが点っている。動くものはない。

ホウはジーンズからとりだしたライターを点した。

すぐ一メートル先に、うつぶせに倒れている男がいた。濃い血の臭いは、その男からしているのだ。

足を踏みだすと、カーペットが湿った音をたてた。たっぷりと血を吸いこんでいる。

ホウは膝《ひざ》をつかないように体を折り、倒れている男をのぞきこんだ。スポーツウェアの上下を着ている。首が半分ちぎれそうなほど深く、喉《のど》を切り裂かれていた。ホウは息が荒くなるのを感じた。ライターを消し、その場でしばらく呼吸を整えた。

男が殺されてからしばらく時間がたっている。理由は、カーペットにしみこんだ血だ。殺された直後なら、これほど大量の血は流れだしていない筈だ。

だから殺《や》った奴がまだこのホテルに潜んでいる可能性は低い。

それでも五感をとぎすまし、人の気配を感じとろうとした。

誰かに殺された人間を見るのは初めてじゃない。ついさっきも狙撃《そげき》された大男の死体を見たばかりだ。

だがこの、首を切り裂かれた男の死体には、何か異様なものを感じる。

すぐに思いだしたのは、那須《なす》の修行場で見た郡上の死体だった。郡上も喉を切り裂かれ、殺された。

ホウは後退《あとずさ》りし、自動扉をくぐって駐車場に降りた。携帯電話をとりだし、クチナワにかけた。

「中で人が死んでる」

応答したクチナワに告げた。

「ひとりか」

「見つけたのはひとりだが、他にもいるかもしれない。喉を切られてる」

告げると、クチナワは沈黙した。

「立て札をどける。駐車場にきてくれ」

「了解した」

駐車場に止まったワゴンから、クチナワとトカゲ、タケルが降りてきた。

「この上のフロントだ」

クチナワが目配せをすると、トカゲが階段をあがっていった。手袋をはめ、拳銃《けんじゅう》を手にしている。

しばらくすると戻ってきて告げた。

「四人、死んでいます」

「村雲は？」

「いません。死んでいるのはたぶん〝本社〟の人間でしょう。監視カメラのディスクは抜かれていました」

クチナワはホウに目を向けた。

「どこかに触ったか」

「上の自動扉に。動かなかったから手で引っぱって開けた」

トカゲが動いた。指紋をふきとっている。

「どういうことだよ。仲間を呼ばなくていいのか」

タケルが訊ねた。クチナワを見つめている。

「状況が変化した。我々は単独で行動している」

「我々って？」

「お前と俺、そしてこの二人だ」

ホウはいった。タケルは眉《まゆ》をひそめ、ホウを見返した。

「なぜだよ」

「リベレイターの一件以降、君たちを使った捜査活動を中止するよう、私は求められている。もちろん私には止める気はない」

クチナワが答えた。タケルは首をふった。

「なんてこった」

「警察の支援がうけられないと知って不安かね」

「ふざけんな。だいたい――」

「どうしますか」

トカゲが会話に割って入った。目でワゴンを示している。中には倉田が乗っている。

ドアは閉じているので、このやりとりは聞こえていない筈だ。

「死体の写真を撮れ」

クチナワは命じた。トカゲは頷《うなず》き、再びホテル内に入っていった。

「なぜ写真を撮る？」

ホウは訊ねた。

「手口だ。私は上にあがれない。傷口を見たい」

「いっしょだ」

ホウはいった。

「何がいっしょなんだ」

タケルが訊《き》いた。

「郡上さんだ。たぶん殺ったのはグルカキラーだ」

ホウはタケルの目を見つめ、答えた。興奮するかと思ったが、タケルは落ちついていた。

「グルカキラーがここに現れ、〝本社〟の見張りを殺して、村雲を連れだしたってことかよ」

「たぶんな」

ホウは頷いた。

「藤堂がやらせた、村雲をとり返すために。だろ?」

「なぜとり返す必要がある」

クチナワがいった。

「決まってる。〝本社〟にヤバい情報が洩《も》れるのを防ぐのさ」

「だったらいっしょに殺せばすむことだ」

タケルは考え、いった。

「きっと自分で殺したかったんだ。村雲は藤堂の金を盗んだ裏切り者なのだろ。だから自分の手で復讐《ふくしゅう》しようと思ったとか」

「それは藤堂らしくない。殺人をためらうような人間ではないが、そこに感情はもちこまない」

クチナワは首をふった。

「よほど頭にきたとか」

「であるとしても、疑問がひとつある」

「何だよ」

「ここを襲ったのと、郡上たちを殺したのが同じグルカキラーだとしよう。両方の犯行が藤堂の命令だったとは考えられない」

「そうか」

ホウはいった。グルカキラーは「一木会」の殺人集団でもあることを思いだした。

「俺のアバラを折った野郎。新宿で撃たれて死んだ。あのときカスミは、電話でグルカキラーのことを藤堂と話したといってた」

クチナワは頷いた。

「郡上たちを殺させたのは村雲だ。村雲は『一木会』と組んで、日本にある藤堂の組織、財産を乗っとろうとした。そのことを郡上が藤堂に知らせるのを恐れ、『一木会』を使ってグルカキラーを動かした。カスミの話では、藤堂はずっとグルカキラーと連絡をとっていなかった」

トカゲがスマートホンを手に戻ってきた。

「撮りました」

「移動する」

クチナワはいった。

「ここにいる意味はない。ここを襲ったのが何者にせよ、村雲は連れ去られ、藤堂とのパイプは失われた」

クチナワ

「何だよ、どうしたってんだ。いかないのかよ」

ホテル「クイーン」の駐車場をワゴンがでると、倉田がいった。

「村雲はいなかった」

クチナワは短く答えた。

「いない？　どういうことだ」

倉田は眉をひそめた。

「いたのは〝本社〟の人間が四人だけだった」

倉田の目がみひらかれた。

「村雲が逃げたってのか」

「逃げたかどうかはわからない」

クチナワはいって、死体の写真が映ったスマートホンの画面をかざした。

倉田はぽかんと口を開いた。

「嘘だろ……」

「おそらく死後一時間以上は経過している」

「何てことしやがる、藤堂の野郎――」

倉田はつぶやいた。

「藤堂がやらせたと思うのか？」

「他に誰がいるってんだよ」

クチナワは答えず、倉田を見つめた。倉田は落ちつかなげにクチナワを見返した。

「村雲をラゴスでさらった件について、『一木会』とは話がついているのか」

倉田の表情がかわった。不意に横を向き、唇をすぼめる。

「藤堂を裏切った村雲は、『一木会』の庇護《ひご》下にあった。その村雲をさらったのが〝本社〟だとわかれば、摩擦は避けられない」

「うちがやったという証拠はどこにもない」

「確かにな。ラゴスでは地元のギャングを雇い、日本に密入国させたのもナイジェリア人の密輸業者だ。それほどの手間をかけてまで、お前たちは藤堂の情報が欲しかったわけだ」

「野郎はうちの人間を殺してる。これ以上のさばらせてはおけないんだよ」

「理由はそれだけか」

クチナワは倉田の目をのぞきこんだ。

「他に何があるっていうんだ」

「お前は〝本社〟じゃ切れ者で通っている。ただ藤堂の息の根を止めるためだけに、そこまでの金と手間をかけるとは思えない」

倉田は無言だった。

「さっきお前は、村雲を通じて、藤堂に手打ちを申しでたといったな。さらわれ、日本に連れてこられた村雲が、よくお前に協力する気になったものだ」

「命がかかってりゃ、誰だっていうことを聞くさ」

「それだけじゃないだろう。お前と村雲は、もともと面識があった。ちがうか？」

倉田は間をおいた。死体の写真を見せられた直後の動揺は消え、ふてぶてしい顔になっている。

「さあな」

クチナワは葉巻をとりだした。

「藤堂の組織は、日本だけではなく、アジアやカナダにも存在している。国外にいることが多い藤堂は、不在のあいだの組織運営を、郡上というナンバー2に任せていた。が、その郡上は何年か前に組織を引退し、僧籍に入った」

「詳しいな、あんた」

「郡上が抜けたあと、日本の組織運営を任されたひとりが村雲だ。その村雲は、組織の資産を着服した。単純に考えれば横領だ。だが犯罪組織の金を着服して無事でいられると思うほど、村雲が素人だったとは考えられない。村雲の目的は金ではなく、組織そのものだった、と私は思っている。つまり村雲は、藤堂の組織を乗っとろうとした。だが、うしろ楯《だて》なしにそんな真似をすれば、どんな目にあうかわからない。そこで、日本の裏社会の二大勢力と手を組もうと考えた。お前たち〝本社〟と『一木会』だ」

「両方となんか手が組めるわけないだろう。うちと『一木会』は仲よしじゃねえんだ」

倉田がいった。

「その通り。そこで村雲はまず『一木会』を選んだフリをした」

「フリ？　フリって何だよ」

タケルが口をはさんだ。クチナワはタケルを見やった。

「〝本社〟とちがって、『一木会』は、関東を縄張りとする複数の暴力団の連合だ。その設立理由は勢力の拡大よりも、むしろ抗争の回避や〝本社〟による関東支配の阻止にある。その最大の抑止力が、グルカキラーだ」

倉田が鼻を鳴らした。

「初耳だな」

「さっきの写真を見ても、そう思うか？」

倉田は目をそらした。クチナワはつづけた。

「『一木会』の協力でスペインに逃げた村雲は、ナイジェリアで姿を消した。お前たちの得た情報では、そこで誘拐されたことになっていたが、それが最初からの計画だったとしたら？」

タケルとホウを見やっていった。

「つまり村雲は、『一木会』から〝本社〟に乗りかえるつもりで、それをごまかすためにラゴスで姿をくらませたってことか」

ホウが訊《き》いた。クチナワは頷《うなず》いた。

「私はそう思っている」

「なぜそんな面倒くさいことをするんだよ」

タケルがいった。

「最初から〝本社〟と組めばよかったじゃないか」

「その答がグルカキラーだ。藤堂不在のあいだにその組織を乗っとるには、郡上の存在が邪魔だった。いくら手を組むといっても、『一木会』のやくざに郡上を殺してくれとは頼みづらいが、フリーのプロ集団であるグルカキラーになら、金を払って依頼することができる。と同時に、グルカキラーをうごかせば、藤堂を牽制《けんせい》できると、村雲は考えた」

「牽制?」

タケルが訊き返した。

「グルカキラーの犯行は一目瞭然《いちもくりようぜん》で、十年前のお前の家族殺害を誰もが思いだす。あの事件と藤堂とのあいだにかかわりがあったことは、カスミとのやりとりからも明白だ」

タケルは表情を険しくした。

「カスミから聞いた。『あの生き残った子供がタケルというのか』と、藤堂はいったそうだ。そして『私に責任があることだ、それは確かに』、ともいった」

クチナワは倉田に目を戻した。

「村雲は、カスミのことも知っていたのかもしれない。カスミがタケルやホウと警察に協力している事実をつかんでいた。そこでグルカキラーを動かせば、藤堂が動かざるをえなくなると考えた。藤堂が日本に帰ってくれれば、その命を奪うのも可能になる」

倉田は無表情になっている。タケルがいった。

「こいつは、最初からカスミや俺たちのことを知っていた」

「村雲の目的は、藤堂を殺し、組織を乗っとることだ。そんな人間がナイジェリアに逃げたところで、むしろ藤堂に狙われる可能性が高くなるだけだ。『一木会』を利用してグルカキラーを動かし、その後日本に舞い戻って、〝本社〟と組んで藤堂を殺す、そういう絵図だったと、私は思うがね」

クチナワはいって、倉田を見つめた。

「だが残念ながら、藤堂はその計画を見抜いていた。それが今、〝本社〟が藤堂による攻撃をうけている理由だ」

「――参ったな」

倉田がつぶやき、クチナワを見返した。

「たいしたもんだよ、あんた。よくそこまで頭が回るな」

「じゃ、やっぱりカスミは生きているんだ。藤堂が〝本社〟を攻撃しているのは、カスミを殺された復讐《ふくしゅう》のためなんかじゃないんだ」

タケルは勢いこんだ口調になった。

「ひとつ、わからないことがある」

クチナワは手でタケルを制し、告げた。

「それを教えてくれたら、お前を解放してもかまわない、と私は思っている」

「何だ」

倉田がクチナワの目を見つめた。

「村雲は、まだ藤堂の組織乗っとりをあきらめていない。だからこそお前ら〝本社〟も、村雲を庇護していた。そこには、大きな理由がある。たとえば、あのホテルにいた見張りを殺し、村雲を連れ去ったのが藤堂だとしよう。なぜ、裏切り者の村雲を殺さなかった？」

倉田は無言だった。

「村雲は、何かをもってるんだ。それを藤堂はとり返したい。たとえば組織の資金をどこかに隠したとか」

ホウがいった。クチナワは頷いた。

「いい線だ。〝本社〟が村雲をかくまった理由は、村雲がもち、藤堂がとり戻したい〝何か〟にある、と私も思っている」

「俺にはわからない！」

倉田が大声でいった。

「そんなのがあるとしても、うちのもっと上のほうしか知らないことだ。俺なんかには知らされない」

「ほう。じゃあお前は、上の命令にしたがって村雲を保護していた、というのか」

「そうさ」

「そんなわけはない。こいつはナイジェリア人シンジケートに村雲を誘拐させるシナリオのために金を払った。それが全部芝居だったとしても、何も知らなきゃできなかった」

ホウがいった。

「知らないものは知らねえんだよ」

倉田がうそぶいた。

「いいだろう。あくまでも知らないというのならしかたがない。『一木会』にお前を預ける」

クチナワは冷ややかにいった。

「村雲が〝本社〟と裏で組んで『一木会』を利用したとわかれば、さすがに怒る人間もいるだろう」

「勝手にしろよ。『一木会』に、うちと戦争を起こさせるような度胸のある奴はいねえ」

「戦争は必要ない。グルカキラーにやらせればいい」

「それだって戦争になる。あいつらが動いたら『一木会』の命令だとすぐにわかるからな」

いってから倉田ははっとした表情になった。

「なるほどな。グルカキラーについて〝本社〟もわかってるということだな」

「有名だからな。うちも使おうと、連絡をとろうとしたが、うまくいかなかったって聞いた」

「そこまでグルカキラーと『一木会』の関係が知られていたのに、なぜ藤堂は郡上の敵討ちをしなかったんだ」

ホウがいった。

「そんなこと俺にわかるわけがない」

「見抜いていたからじゃないのか。いずれ村雲が〝本社〟に寝返るって」

「『一木会』はお前を藤堂に引き渡すかもしれないな。〝本社〟と藤堂の戦争は、『一木会』にとっては悪いことじゃない。〝本社〟の関東での勢力がそれだけ弱まるのだからな」

「好きにしろや」

クチナワはいった。

ひらきなおったように倉田はいった。

「『一木会』なんざ、これっぽっちも恐くねえ」

クチナワは携帯電話をとりだした。

「陸栄会《りくえい》の信田《のぶた》に連絡をする」

タケルははっとしたような顔になった。グルカキラーの手がかりを得ようと、タケルが拉致《らち》しようとしてあべこべに殺されかけた男だった。「一木会」に属する組の組長だ。

「警察のくせに組んでるのか」

「組んではいない。ボディガードの脚を撃っただけだ。私を恨んでいるだろう。お前を渡したら、印象がよくなるかもしれないな」

クチナワが番号を検索し始めると、倉田が叫んだ。

「わかった！　わかったよ。教えてやる。ただし、安全な場所で俺を解放するとわかってからだ」

「いいだろう。どこだ？」

クチナワは訊《たず》ねた。倉田は考えていた。

「大井は危なくて無理だ。しょうがない。うちの事務所に連れていってくれ」

「新宿だな」

倉田はクチナワを見た。

「知ってたのか」

「西新宿の興平《こうへい》産業がお前の組の事務所だろう」

「ああ。そこの前までいったら、教える」

クチナワはハンドルを握るトカゲに命じた。

「新宿に向かえ。興平産業の事務所だ」

アツシ

ワゴンが新宿の大ガードをくぐった。歌舞《かぶ》伎町《きちょう》と西新宿をへだてるＪＲの線路が頭上を走っている。

「そろそろ話してもらおうか」

クチナワがいった。倉田はワゴンの窓から外を見つめている。

「藤堂は、村雲から何をとり戻したいんだ」

倉田はクチナワをふりかえった。

「『マッカーサー・プロトコル』だ」

「『マッカーサー・プロトコル』？」

「さすがのあんたも知らんてわけだ。そりゃそうだ。あんたも俺も生まれる前だものな」

倉田の言葉に、クチナワは首を傾げた。

「いったい何なのだ、それは」

「マッカーサーの名は聞いたことがあるか」

「アメリカ占領軍の司令官だった軍人のことをいっているのか」

「そうだ。一九四五年に、日本は太平洋戦争に負け、連合国軍に降伏した。そのときに日本に進駐した連合国軍の最高司令官として、一九五一年に解任されるまで、日本の最高権力者だった、アメリカ軍の元帥だ」

「詳しいな」

ホウはつぶやいた。倉田はホウを見やった。

「お前らチンピラとちがって、今はな、学のない極道は上に登れないんだよ」

「つづけろ」

クチナワが促した。

「朝鮮戦争を知っているか」

倉田はクチナワに訊ねた。

「一九五〇年代に朝鮮半島で起こった戦争だろう。韓国と北朝鮮が戦った」

「正確には、一九五〇年六月から五三年七月までの約三年間に亘《わた》る戦争だ」

「なんで戦争が起こったんだ？」

タケルが訊ねた。倉田はにやりと笑った。

「いい質問だ。その答に、『マッカーサー・プロトコル』の価値が含まれてる」

「わからねえ」

ホウは吐きだした。倉田は首をふった。

「中国で育ったお前にはわからなくて当然だ。第二次世界大戦が終結すると、世界の勢力図は、アメリカを中心とする資本主義陣営とソビエト連邦を中心とする共産主義陣営に大きく分かれた。一九四六年から四七年にかけ、その二国のあいだで朝鮮統一に関する話しあいがおこなわれた結果、共産主義の朝鮮民主主義人民共和国と資本主義の大韓《だいかん》民国《みんこく》に、朝鮮半島は分割された。民族はいっしょなのに、かたや共産主義国家、かたや資本主義国家として、国境をはさんでにらみあう関係になったんだ。そして一九五〇年の六月、国境紛争がぼっ発、当初は北朝鮮軍が優勢で、半島南端近くまで韓国軍は追いつめられた。

これに対して国連安全保障理事会は、アメリカを中心に韓国の援助を決議。当時日本に駐留していたアメリカ軍を主力とした国連軍を投入。一気に形勢を逆転、北朝鮮軍を中国国境近くまで押し戻した。それに対し北朝鮮を応援する中国は大量の義勇軍を送りこみ、韓国、国連軍を、国境である三八度線まで退けた。そのとき、国連軍の最高司令官だったマッカーサーは原爆投下を含む強攻策を主張、当時のアメリカ大統領トルーマンに解任された。戦争そのものは、ソ連の提案をもとに休戦協定が成立して終結したが、これはつまり、その後の世界が資本主義と共産主義で対立していくという未来をはっきり示すことになった」

「それがなんだっていうんだ。ソ連はもう、存在しない国だろう」

タケルがいった。

「その通りだ。だが当時の世界はまるでちがっていた。共産主義と資本主義の対立は、アメリカや日本においても深刻化し、革命が起きるのではないかと、権力者は危機感を抱いた。日本では占領軍司令部の命令で共産主義者を危険視する『レッドパージ』が始まり、共産党員やその同調者を企業や公職から追放した」

「『赤狩り』といわれたものだな」

クチナワがいった。

「そうだ。朝鮮戦争当時、日本は国連軍の中核をなすアメリカ軍の占領下にあり、補給の重要な拠点であったため、これを妨害したい共産主義者による破壊工作に、占領軍司令部は神経を尖《とが》らせた。今となっては信じられない話だが、当時の日本政府や占領軍司令部は、日本でも共産主義者による武力革命が起こるのではないかと恐れていたらしい」

「だが起こらなかった。歴史はもういい。それが『マッカーサー・プロトコル』とどんな関係がある？」

クチナワは訊ねた。

「もう少しの我慢だ。自衛隊の前身である警察予備隊が発足したのも一九五〇年だ。政府がいかに武力革命を恐れていたかは、このことからもわかる。まだ占領下にあった日本の警察はろくな装備もなく、武力革命軍に対し、数、質ともに対抗できないおそれがあった。だがこの警察予備隊が十分な制圧力をもつ前に武力革命が起こったらどうするか。日本の警察を援助する義勇軍が必要になると考えた人間が、占領軍司令部の中にいた。義勇軍をどこから募るか。戦後の混乱期、乱立する闇市場の治安を担っていたのは警察ではなく、古くから地元を縄張りとする極道だった——」

「まさか」

タケルはいった。

「そのまさかだ。いいか、このとき日本に政府はあったが、あくまでも占領軍司令部の支配下だった。内閣総理大臣が何といおうと、司令官のマッカーサーのほうがはるかに力が強かった。起こるかもしれない武力革命に備え、当時勢力のあった、日本各地の組長に対し、占領軍は組員を義勇兵としてさしだすことを求め、ひきかえに闇市場などでの活動を認める密約を結んだ。これに、日本の政府、警察は一切かかわっていない。占領軍と極道とのあいだで交された議定《ぎじょう》なのだ」

「そんなものに何の意味がある。日本の占領は一九五二年に終わった」

クチナワがいった。倉田は向きなおった。

「あんた、わかってないな。極道が密約を結んだ相手はアメリカなんだ。今の日本政府や警察が何といおうと、アメリカが極道を守ると約束したんだ。占領軍司令部なんて今は存在しない。すると、どこか。さしずめアメリカ国務省だろうな。かりにあんたが俺をパクりたいとしても、まずアメリカ国務省におうかがいをたててもらわなけりゃならないというわけだよ」

「馬鹿馬鹿しい、そんな話があるか」

ホウは吐きだした。

「国の決めた手続きってのは、たとえ六十年たっても重いんだ。世の中がかわったからあの約束はナシだ、なんて国と国のあいだじゃ通じない。わかるだろう」

倉田はクチナワを見て、いった。

「そんなものが実在したとしよう。とっくに回収・破棄されている筈《はず》だ。日米両政府の手で」

クチナワはいった。

「さすがだな。その通りだ。『マッカーサー・プロトコル』は、全部で十七か十八、あったといわれている。つまりそれだけの組が義勇兵をさしだすことに同意していた。朝鮮戦争が終わり、共産主義者による武力革命の可能性が低くなると、アメリカ政府は日本政府に命じて、プロトコルを回収させた。逆らった組長は、かたっぱしからパクると威《おど》したらしい。当時の組長は、別にプロトコルに頼る必要もなく、警察に目の敵にされるくらいなら、とさしだしたという。だが、それでも一枚のプロトコルが残った。プロトコルには、参加した組のすべての代表者の名とマッカーサーのサインが入っていたらしい」

「その組の中に、一木会や〝本社〟も入っているのか」

「一木会に属する、本条中川組《ほんじようなかがわ》、〝本社〟の前身である神崎連合《かんざき》のふたつの組が入っている」

クチナワは息を吐いた。倉田がつづけた。

「今は状況がまったくかわった。俺ら極道は暴排条例で痛めつけられ、部屋を借りることや子供を学校に通わすのすら、ままならない。そのプロトコルさえあれば、アメリカ政府を通して、日本政府にガタクリをかけることができるってもんだ」

「待てよ。そのプロトコルの話が本当だとして、なんで藤堂がもっていたんだ。藤堂は極道じゃないのだろう？」

タケルがいった。

「もっていたのは郡上だ。郡上は、藤堂の下に入るまで、千葉の古い組の組長だった。

奴の前の前の組長が、『マッカーサー・プロトコル』に署名していたんだ。だが藤堂の下についた郡上はプロトコルを使う気はなく、奴のもとを離れてからは、ただもってい るだけだった。郡上がプロトコルをもっていると知っていた人間は、そう多くない」

「村雲」

タケルは目をみひらいた。

「村雲が、グルカキラーに郡上を襲わせた目的は、裏切りを藤堂に知らされるのを防ぐことだけじゃなかったのか」

「そういうわけだ」

「そのプロトコルさえもっていれば、一木会も〝本社〟も、自分に味方すると考えた」

「やっとわかったか」

「お前はそのプロトコルをとりあげたのか」

クチナワが訊《たず》ねた。

「藤堂の首とひきかえだ。藤堂がくたばらない限り、渡さないとほざきやがった」

倉田は答えた。

「藤堂はわかっているのだな。プロトコルをとり戻さない限り、村雲が自分を的にかけさせることを」

「だろうな」

「信じられない。そんな六十年以上も前の紙切れに、そこまでの価値があるのかよ」

ホウは首をふった。

「お前には信じられないさ。どこの国の人間でもないのだからな」

「警視正」

トカゲがいうのが聞こえた。

「何だ」

「興平産業の入ったビルが包囲されています」

「あーん？」

倉田が声をあげた。窓に顔を押しつける。

タケルも気がついた。路上に、セルシオやアルファードといった高級車が並び、やくざとひと目でわかる男たちがたむろしている。

「とりあえず、通りすぎろ」

クチナワが命じると、ワゴンは男たちのかたわらを走りすぎた。

「〝本社〟の人間か」

「ちがう」

倉田は首をふった。顔がわずかに青ざめている。

「となると、一木会か」

「ふざけやがって。こんな嫌がらせをして、ただですむと思うなよ」

倉田は吐きだした。

「嫌がらせじゃない。連中がなぜ、お前の事務所を張っていると思う？」

「村雲か」

「お前たちが組んでいることを、どこからか知ったのだろうな」

「冗談じゃねえ。村雲は、藤堂に連れていかれた」

「そう、説明すれば、わかってくれるかな？」

　クチナワは冷ややかにいった。

「電話をかけさせてくれ」

　倉田は手錠でつながれた腕を振った。

「あいつら、蹴散《けち》らしてやる」

「〝本社〟から兵隊を呼んで、か。そんな真似を許すわけにはいかんな」

「じゃあ、どうするんだ？　まさか俺を渡すつもりじゃないだろうな。約束を守れや。俺はちゃんと話した！」

「一木会の目的はお前じゃない。村雲だ。その村雲は連れさられた。それを理解させればいいことだ」

「どうやって?!」

「信田と会う」

　クチナワは携帯電話をとりだした。

タケル

一時間後、ワゴンは江東区《こうとう》にある大型スーパーの駐車場に入った。地上五階だての駐車場で、平日の夜とあって、駐車場は空いている。利用者の大半は、スーパーとつながった二階に車を止めていた。

信田はその駐車場の最上階、屋上を指定したのだ。らせんになった通路をワゴンが登り、屋上にでると、センチュリーが一台、ぽつんと止まっているのが見えた。

「信田の車だ」

タケルはいった。以前、道玄坂《どうげんざか》にある、信田の組本部を襲ったときに乗っていたのと同じ車だ。

ワゴンはセンチュリーから十メートルほど離れた場所で止まった。トカゲがヘッドライトを消すと、センチュリーから男がひとり降りた。大男だが、足をひきずっている。

「あいつ……」

タケルはつぶやいた。

「私が膝《ひざ》を撃った男だ。確か木内《きうち》とかいったな」

クチナワがいった。

大男はゆっくりワゴンに歩みよってきた。運転席のかたわらに立つと、車内をのぞきこむ。

「信田はどうした？」

トカゲが訊ねた。

「安全を確認してからだ」

その目が険しくなった。クチナワを認めたのだ。

「手前《てめえ》……」

「倉田ならここにいる」

車内灯を点《とも》し、クチナワはいった。手錠でシートにつながれた倉田を、木内はじっと見つめた。

倉田は無言で木内を見返している。

「一木会はこの男を捜していた筈《はず》だ。正確にいえば、この男が保護している村雲を、だが」

木内は無言で背中を向けた。ワゴンから数歩離れ、携帯電話をとりだして耳にあてた。

一分もしないうちに、屋上にもう一台の車が現われた。メルセデスのゲレンデバーゲンだ。

メルセデスはセンチュリーの隣に止まった。木内が外からドアを開けると、白髪頭で眼鏡をかけたスーツ姿の小男が降りたった。

「信田だ」

タケルはいった。

「開けろ。ホウ、タケルと倉田を連れてこい」

トカゲがワゴンの扉を開いた。タケルは昇降機にクチナワの車椅子を載せた。ホウが倉田の手錠をシートから外し、両手首にはめた。

メルセデスとセンチュリーから五人の男が降り、信田を守るように囲んでいる。

クチナワは車椅子をその前まで進めた。

「久しぶりだな、小僧」

信田がいった。タケルを見つめている。タケルは無言で見返した。

ふん、と信田は鼻を鳴らし、クチナワに目を移した。

「聞いたところでは、警察をクビになりかけているらしいな。そうなったら、この木内が大喜びで挨拶《あいさつ》にいくだろうよ」

クチナワは葉巻をくわえ、火をつけた。

「まだ、なってない。だから待ってもらおうか」

「あいかわらず強気だな」

クチナワはホウをふりかえった。ホウが倉田の背中を押した。ふてくされたように進みでた倉田を、信田は見上げた。

「〝本社〟の切れ者で通っている男にしては、いささかみっともない姿だな」

倉田は黙っている。

「この男に訊《き》きたいことがあるだろう。手下を張りこませる手間を省いてやろうと思ってな」

クチナワがいうと、信田は目を細めた。倉田の目を見つめ、

「どこにいる？」

と訊《たず》ねた。

「知りません」

倉田が口を開いた。信田が笑い声をたてた。

「そんなたわごとを聞かせるために、俺を呼びだしたのか」

「本当です、信田会長。今朝まではうちの建物にいました。けど、誰かが見張りを殺《や》って連れだしたんです。見張りは四人いました。全部、うちの人間です」

信田は首をふった。

「そんな大事件が起こったら、ニュースでやらない筈がない。大井で人が撃たれたとは聞いたが」

「警察はまだ通報をうけていない」

クチナワがいった。タケルに目配せする。

タケルはトカゲが撮った死体写真の映ったスマートホンをかざした。

信田が手をのばした。受けとり、画面を見つめていたが、いった。

「トリックじゃないという証拠はない」

「その傷をよく見ろ」

タケルはいった。

「あんたらも心あたりがある筈だ」

信田は険しい顔になった。スマートホンを返しながらいう。

「何がいいたい、小僧」

「一木会は、村雲に頼まれてグルカキラーに郡上さんを殺させた。そのときの傷といっしょだ」

「こいつらを殺ったのがグルカキラーなら、なぜうちの人間が村雲を捜す？」

信田はいった。

「理由はいくつか考えられる」

クチナワが答えた。

「ひとつは、グルカキラーはひとりではなく、複数いて、一木会が使っているグルカキラーと、この男たちを殺して村雲を連れさったのは別グループだ、というものだ」

「それだ。確か、藤堂のボディガードは元グルカ兵だと聞いた」

信田がいった。それを無視し、クチナワはつづけた。

「もうひとつ考えられるのは、一木会のグルカキラーが、勝手に動いている」

信田は首をふった。

「連中が村雲を必要とする理由はない」

タケルは息を吸いこんだ。一木会のグルカキラーはひとりではないのだ。

「村雲がもっているものを、一木会と〝本社〟は欲しい。藤堂はとり返したい」

クチナワがいった。

信田が煙草をとりだした。木内がさっとかがんで火をつけた。

「その切れ者が喋《しゃべ》ったか」

冷ややかな目を倉田に向けた。

「会長、この際、手を組みませんか。うちとお宅とで。そうすれば、こいつらなんてひとたまりもない」

信田はふっと笑った。

「村雲はうちをコケにした。最初からお前らと組めばいいものを、グルカキラーを使いたくて、うちにすり寄った。グルカキラーを使えば、藤堂が身動きとれなくなると踏んだのだろう」

「うちは今、藤堂と戦争中です。一木会さんの協力をいただければ、鬼に金棒ですよ」

倉田が媚《こ》びるようにいった。

「藤堂と戦争をする意味がどこにある?」

「『マッカーサー・プロトコル』は、奴がもっていても何の価値もありません。うちや一木会がもってこそ、意味がある。村雲をさらっていったのは藤堂です。奴からとりあげましょう」

「お前、よくサツの前でそういうことを口にできるな」

「こいつらはもう、サツじゃない。殺しの現場を、通報もせずに逃げだしたんだ。恐がることなんかありませんよ。ぶっ殺して下さい。恩に着ます」

タケルはホウを見た。ホウも緊張した顔になっている。クチナワは無表情のまま葉巻をくわえていた。

「悪くない提案だ」

信田は答えて、クチナワを見た。

「どうする？」

「〝本社〟と手を組むのか？」

クチナワが訊ねた。

「ふだんなら考えられんことだが、『マッカーサー・プロトコル』が手に入るとなれば話は別だ。俺たち極道を痛めつけている役人どもの鼻を明かせるのだからな」

「そんなものに本当に力があると信じているのか」

信田はいった。

「試してみなくちゃわからん。アメリカに尻尾《しっぽ》をふりなれた日本の役人にとっては、あの議定書は悪夢だろうからな。その話を聞いたのは、俺がまだ見習いだった頃だ。伝説だと思っていたよ。まさか実在したとはな」

「たとえ実在するとして、それに効力があるとしたら、お前たちやくざにもたせるわけにはいかない」

「結論がでたようだ」

信田は首をふった。木内に告げた。

「殺せ」

木内が上着から拳銃《けんじゅう》を抜いた。直後、パンという音とともに万歳をして倒れこんだ。トカゲが撃ったのだった。

「ホウ！」

タケルは叫び、目の前の男にとびかかった。ベルトから拳銃をひき抜きかけた手をおさえ、股間《こかん》を蹴《け》りあげる。

ボディガードにはさまれた信田がメルセデスに逃げこむ。ボディガードのひとりが銃をクチナワに向けた。その腕をホウは蹴りあげた。

クチナワが撃った。ボディガードはその場に崩れ落ちた。倉田が走ってメルセデスにとりついた。ドアを引き開けようとした手が止まった。車内から信田が銃を向けている。

「〝本社〟とは組まんよ」

信田がいって引き金をひいた。倉田はがくんと頭をのけぞらせ、仰向《あおむ》けに倒れた。

「信田っ」

タケルは叫んだ。メルセデスが発進し、クチナワがそれに向け、発砲した。

センチュリーを盾にした残りの男二人がいっせいに発砲した。首をすくめたタケルに、

「押せっ」

とクチナワが命じた。いつのまにか両手に二挺《ちょう》の拳銃を握っている。

タケルはクチナワの車椅子をうしろから押した。前進しながらクチナワは撃ちまくった。

センチュリーの窓が砕け散り、タイヤがバーストした。声をあげ、男のひとりが尻《しり》もちをついた。たまらずに、残ったひとりが逃げだした。

「タケル、ホウ！」

トカゲが叫んで、ワゴンに乗りこんだ。メルセデスが駐車場の端で向きをかえ、ハイビームのライトを浴びせている。逃げた男はそれに乗りこんだ。

不意にメルセデスのエンジンが唸《うな》りをあげ、タケルとクチナワに向け突進してきた。

タケルは車椅子の向きをかえ、必死に押した。エンジン音が迫ってくる。

ワゴンがつっこんできた。爆発音に似た音とともに、メルセデスのフロントノーズにワゴンが衝突した。ガラスやバンパーがとび散り、金属のひしゃげる音をたてながら二台の車は横すべりし、まるで寄り添うような形で止まった。二台ともフロントグラスは砕け、ふくらんだエアバッグで車内が見えない。

「トカゲっ」

ホウが叫んだ。ワゴンにとびつく。運転席のドアは変形していて、ホウが引いても開かなかった。

メルセデスの後部席の扉が開いた。顔を血まみれにした信田が、転げ落ちるように降りた。

「手前《てめえ》っ」

信田がクチナワをにらみつけた。右手に握った銃をクチナワに向けかけ、がっくりと膝《ひざ》を折った。銃を奪おうと、タケルは走りだした。

「よせ！」

クチナワが止めた。息が荒い。タケルはふり返った。

クチナワが顔をしかめ、右手を左肩にあてていた。血が流れている。

「撃たれたのか」

「致命傷にはならん。抗弾ベストを着ているからな」

いって、クチナワは唸り声をあげた。

「タケルっ」

ホウの声にタケルは我にかえった。ワゴンの助手席の側から、ホウがトカゲをひっぱりだそうとしている。

タケルは走り寄った。トカゲも血まみれだ。

「足がひっかかって抜けねえんだ」

ホウがいった。

「大丈夫だ、警視正は？」

トカゲがホウの腕をふりはらった。ワゴンのフロント部が潰《つぶ》れ、トカゲの右足がそこにはさみこまれている。

「撃たれてるけど、致命傷じゃないってよ」

タケルはいった。ふっとトカゲは笑った。

「まったく無茶をする人だ」

ジーッという機械音がした。クチナワが近づいてきた。

「無事か」

「何とか」

トカゲは答え、咳《せ》きこんだ。

「お前たち、ここを離れろ」

クチナワがいった。いくつものサイレンが重なりあって近づいてくる。

「階段でスーパーにでて、一般客に紛れるんだ」

「いいのかよ」

タケルはいって、倒れている信田を見た。ぴくりとも動かない。

「バー『グリーン』だ」

トカゲがいった。

「『グリーン』のマスターがお前らをかくまってくれる」

「いいか、今日からお前たちはお尋ね者になる。それでもカスミを見つけたいか」

クチナワがいい、タケルはふりむいた。

「あたりまえだ」

「どうすればいい？」

ホウが訊《たず》ねた。

「お前たちが私と離れたと知れば、藤堂のほうから必ず接触してくる筈《はず》だ」

クチナワが答えた。

「藤堂のほうから？」

「カスミが生きていれば、困っているお前たちを決してほうってはおかない」

「そんなのわかんねえだろ」

タケルは首をふった。

「馬鹿者。大井でお前を殺そうとした加賀が狙撃《そげき》された理由を考えろ」

クチナワがいった。

「じゃ、あれは俺を助けるために?!」

「あたり前だ。撃ったのは違う人間だろうが、そうさせたのはカスミに決まっている」

「あんたらはどうするんだ」

ホウが訊ねた。

「この状況に対する説明を求められる」

「クビになるのか」

「クビですめばいいがな」

「俺たちが証言してやるよ。撃ってきたのは向こうだって」

タケルはいった。クチナワは苦笑した。

「いいからいけ」

「ホウ」

タケルはホウを見た。

「ここはいう通りにしようぜ。つかまったら、俺らも動けなくなる」

ホウがいった。

「くそっ」

「早くいけっ」

トカゲがいった。タケルはホウと顔を見合わせ、走りだした。

アツシ

ホウとタケルがバー「グリーン」に入っていくと、先客がひとりいた。背は高くないが上半身が異様にぶあつく、金庫のような体つきの男だ。カウンターにかけ、バーボンのオンザロックを飲んでいる。初めて見る顔だった。

二人の顔を見るなり、マスターがいった。

「何があった？」

　ホウは先客の男を見やり、

「別に何も」

と答えた。男の正体がわからないうちは何も話せない。

「大丈夫だ」

マスターがホウにいうと、男はくるりとストゥールを回し、二人をふりかえった。

「この連中なのか、新しい兵隊てのは」

「そうだ」

男はふんと鼻を鳴らした。

「ガキじゃないか、まだ。隊長もヤキが回ったんじゃないのか」

「何だ、あんた」

　タケルがとがった声をだした。

「俺たちに文句があるのか」

男はストゥールを降りた。背はタケルより低い。タケルに近づくと下から見上げた。

「かわいがってほしいか、小僧」

いうなり、いきなりタケルの喉《のど》を右手でわしづかみした。タケルの足が宙に浮いた。

男はまるでグラスでも掲げるように、片手でタケルの体をさしあげた。首が絞まり、みるみるタケルの顔がまっ赤になった。タケルの膝が男の顔を蹴《け》ったがびくともしない。

「やめろ！」

ホウは男の右肩に手をかけた。男は左手でホウの右手首をつかんだ。なんなくひきはがされた。

タケルの足がカウンターを蹴り、グラスが倒れた。

「よせ、アバシリ。店が壊れる」

マスターがいった。

男がゆっくりと右手を下げた。床にタケルの足がつくと、喉にかけた手を離した。タケルは咳《せ》きこみ、カウンターに手をついて体を支えた。

アバシリと呼ばれた男はカーゴパンツにポケットがいくつもついたベストを着ている。足もとは安全靴で、作業員のようないでたちだ。

「ほら」

マスターがミネラルウォーターのペットボトルをタケルにさしだした。タケルはうけとってラッパ呑《の》みし、むせてさらに咳きこんだ。

ちっとアバシリが舌を鳴らした。

「こんな奴らに何ができる」

ホウは息を吸いこんだ。我慢できなかった。一日のうちにいろいろなことがありすぎた。

「表にでろ」

　ホウがいうと、アバシリは意外そうに目を丸くした。

「ほう。このタトゥは、ちっと骨がありそうだ。俺を楽しませてくれるってか」

「いい加減にしろ。ヤンキーの喧嘩《けんか》じゃないんだ！」

　マスターが怒鳴った。そしてホウとタケルに告げた。

「こいつは俺の古い知り合いで、警視正のことも知ってる。お前らがトカゲと呼んでる、あいつの兄貴だ」

　ホウは目をみひらいた。

「トカゲの兄貴」

「何だ、トカゲって」

　アバシリが訊ねた。

「警視正のことをこいつらはクチナワと呼んでるんだ。クチナワの仲間だが、足があるからトカゲだ」

「笑わせる」

　おもしろくもなさそうにアバシリがいった。

「お前らが入ってきたときの顔を見て、ただごとじゃないとわかった。何があったんだ」

「クチナワが撃たれ、トカゲも怪我をした。陸栄会の信田たちと撃ちあったんだ。今頃全員パクられてる。俺たちに逃げろ、逃げてここにいけ、とトカゲがいった。たとえ追われることになってもカスミを見つけたいならそうしろ、とクチナワもいった」

マスターとアバシリがさっと目を見交した。

「いつの話だ」

「一時間くらい前だ。俺たちは〝本社〟の倉田の身柄をおさえて、一木会と話し合おうとした。藤堂を裏切った村雲がグルカキラーを動かすために一木会にすりより、そのあと〝本社〟に乗りかえ、保護されていた。ところが、グルカキラーが〝本社〟の奴らを殺して村雲を連れていった」

「何？　さっぱりわからんぞ」

アバシリが唸《うな》るようにいった。

「力はあっても頭はカラッポかよ」

喋《しゃべ》れるようになったのか、タケルが吐きだした。

「小僧——」

「黙れ。警視正はお前らも追われるといったのか」

ホウは頷《うなず》いた。

「クチナワは、チームを解散しろと上からいわれてたみたいだ。だからグルカキラーに殺された〝本社〟の連中を見つけても通報しなかった。カスミを連れ戻すのは俺たちの任務だ、といって」

　マスターは息を吐いた。

「あの人のやりかたはかわってないな」

「マスターはクチナワの下にいたのか」

　タケルが訊ねた。

「昔話はいい。警視正とトカゲは生きているんだな」

　ホウは頷いた。

「生きてる。陸栄会の信田もたぶん死んでない」

「〝本社〟の倉田は？」

「信田が撃ち殺した」

「そうなると、現場から逃げたお前らは、警察と〝本社〟と一木会のすべてから追われるわけだ」

「どうなろうと、カスミを見つける」

　タケルがいった。

「威勢がいいな」

　アバシリが首をふった。ストゥールに腰をおろし、グラスを口にあてた。

「クチナワは、藤堂のほうから俺たちに接触してくるといってた」

　ホウはいった。

「藤堂のほうから？」

「俺らとクチナワが別々になり、困っているとわかったら、カスミがほうっておかないと」

タケルがいうと、マスターは目を移した。

「カスミは生きているのか」

「それはわからない。けど、今日、倉田の手下に俺が撃ち殺されそうになったとき、そいつを誰かがライフルで狙撃《そげき》した。クチナワは、カスミがやらせたに決まってるといった」

「なぜ殺されそうになった？」

アバシリが訊《たず》ねた。

「村雲の情報を得るために六本木のナイジェリア人に接触した。〝本社〟がホウを捜してるっていうんで、俺がネタを提供するといって近づいたんだ。だけど、俺たち三人がチームだってことを〝本社〟の連中は知っていて、逆にホウを呼びだせといわれた。断わったら殺そうとしやがった」

タケルが答えると、アバシリは眉《まゆ》をひそめた。

「断わったら殺されるとわかってたのに、なぜ断わるんだ」

「はあ？」

タケルは尖《とが》った声をだした。

「仲間を売れるわけないだろうが。何いってんだ」

アバシリはあきれたように首をふった。

「売るのじゃなくて、作戦を考えなかったのか」

「俺が尾行する筈《はず》だったが失敗したんだ」

ホウはいった。

「クチナワとトカゲがNシステムにアクセスして、タケルが連れこまれたトラックヤードを見つけた」

「失敗したことをお前はわかってたのか」

アバシリがタケルに訊ねた。

「わかってた。ホウの前を、乗りかえた車で通りすぎたからな」

「つまり助からん状況だった。それでも〝本社〟の奴のいうとおりにしなかったのか？」

「だから何だってんだよ。何がいいたい」

タケルはアバシリをにらみつけた。

「それがこいつらの強みなんだ。昔の俺たちとはちがう。損得抜きのチームワークがある」

マスターがいった。

アバシリはあきれたようにタケルを見つめていたが、やがて吐きだした。

「ただの馬鹿じゃないのか」

ホウは我慢できなくなった。アバシリの顔にストレートを叩《たた》きこんだ。不意をつかれ、アバシリはストゥールから転げ落ちた。

「表へでろ、表に！」

アバシリは怒るというより、驚いたようにホウを見上げている。

「何でお前が怒るんだ」

「タケルは俺を売るまいとして殺されかけた。それを馬鹿だという野郎は許せない」

タケルも目を丸くしていた。

「お前の負けだ、アバシリ」

マスターがいった。アバシリは床に手をつき立ちあがった。ホウは身構えた。が、アバシリは襲ってこなかった。倒れたストゥールを立て、それに尻《しり》をのせた。

「根性だけはある」

くぐもった声でいい、掌《てのひら》にぺっと折れた歯を吐きだした。

ホウは拍子抜けした。アバシリの顔に戦意がなかったからだ。たとえ半殺しにされようと、この男をぶちのめさなければ気がすまないと思っていたのに、予想外の反応だ。

「とりあえずお前らをどこかに隠そう。警察はすぐにここをつきとめるだろうし、〝本社〟も倉田が死んだとわかれば、お前らを捜す」

マスターがアバシリのグラスにバーボンを足していった。アバシリがそれを一気飲みした。

「俺が面倒をみよう」

「あんたが？」

タケルがいった。アバシリはグラスをおろしタケルをふりかえった。

「そうだ。俺じゃ不満か」

タケルはホウを見た。ホウも迷った。

「弟を鍛えたのは俺だ。奴が警察に入ったのも、俺の影響だった」

アバシリがいった。

「わかった。あんたに任せる」

ホウはいった。

クチナワ

弾丸は左肩の肉を抉《えぐ》っただけだった。消毒と縫合がすむと、クチナワは病室に入れられた。窓に鉄格子がはまり、扉の外には警官が立っている。

トカゲがどうなったのかはわからなかったが、おそらく似たような状況だろう。信田と陸栄会の生き残りも拘束されている。

痛みが激しい。治療をおこなった医師が麻酔を使わなかったからだ。

その理由が、病室の扉を開けて入ってきた。

くたびれた茶のスーツを着た、白髪頭の小男だ。四十年前でも、警察官採用資格ぎりぎりの身長しかなかったろう。今は背中が丸まり、まちがいなく達していない。

陽焼けか、もともとの地黒なのか、浅黒い肌は、男を東南アジアの人間のように見せている。肌に皺《しわ》も多く、しなびた猿のようだ。

だが顔の中心からつきでたワシ鼻と、その両側にはまった小さいが異様に鋭い目が、男にまったく別の印象を与えていた。

病室の扉をうしろ手で閉め、小男はその場に立ったままクチナワを見つめた。ベッドのかたわらに車椅子がおかれていたが、それは病院の備品で、電動ではない。

小さく咳《せき》ばらいし、小男が口を開いた。

「痛むかね」

「はい」

男の鋭い目を見返し、クチナワは答えた。

「痛み止めは射《う》たんように、と命じた。寝られちゃ困る」

小男はひとり言のようにいった。

「お気づかいをどうも」

「別に気づかっちゃおらんよ。痛むのは君の体であって、私のじゃない」

「皮肉をいっただけです」

クチナワはベッドのかたわらにあるリモートコントローラーで病室の照明を明るくした。

「つまりまだそれだけの元気がある、ということだな」

小男はベッドに近づくと、おかれていた車椅子にちょこんと腰をおろした。胸の前で両手を合わせ、そろえた指先の上に顎《あご》をのせてクチナワを見つめ、訊ねた。

「委員会が解散しているのを知らなかったのか？」

「知っていました」

「にもかかわらず、君はあの二人を使った。理由は？」

「あいつらにしかつきとめられないことがあったからです」

「それは何だ」

「藤堂の所在です」

小男は沈黙した。やがて、

「藤堂にこだわっているようだな」

とつぶやいた。

「犯罪者にはすべてこだわることにしています。特に藤堂にこだわっているわけではありません」

クチナワが答えると、小男はクチナワの下半身にかけられた毛布に目を向けた。両膝《りょうひざ》から下は平らだ。

「私にはそうは思えないが、まあいい。倉田を射殺したのは君か？」

「信田です。倉田は信田に共闘をもちかけていましたが、信田は断わったわけです」

「一木会と〝本社〟が共闘を組む？　藤堂と戦うためにか」

「いえ」

「ほう。じゃあ何のためだ」

「『マッカーサー・プロトコル』です」

小男の表情が固まった。鋭い目がクチナワの目をとらえた。

「もう一度」

「『マッカーサー・プロトコル』」

「現存するものはない、と聞いている」

「郡上がもっていました。村雲がグルカキラーを使って奪わせた」

小男は目を閉じた。

「下らんものが関係している」

低く唸《うな》るようにいって目を開いた。

「村雲はどこにいる？」

「わかりません。村雲は〝本社〟の人間に保護されていました。当初は一木会と手を組んでいたのですが、方針をかえたようです。私たちは千葉の村雲の隠れ家まで倉田に案内させましたが、そこは襲撃され、村雲以外の人間は全員殺されていました」

「潰《つぶ》れたラブホテルのことをいっているのか」

クチナワは頷《うなず》いた。

「ついさっき、千葉県警から報告があがってきた。四人、死んだようだな。手口からするとグルカキラーのようだが、一木会が村雲をとり返したのじゃないかね？」

「確かにグルカキラーは一木会の武器ですが、それを〝本社〟の人間に使えば、宣戦布告といっしょです。グルカキラーの使用には、一木会に属する組長全員の承認が必要だと聞いています。一木会に〝本社〟と戦争をする意志があるとは思えません」

「だが信田は倉田を殺した」

「一木会がグルカキラーを使って村雲の隠れ家を襲ったのだとすれば、すでに『マッカーサー・プロトコル』を手に入れていることになります。そうであるなら倉田を殺す理由はない。あれは口封じです。『マッカーサー・プロトコル』を一木会も欲しがっているのです」

「郡上を襲わせたときに一木会は手に入れなかったのか」

「村雲が国外に脱出したのはその直後でした。自分の安全が確保されたら『マッカーサー・プロトコル』を渡すと一木会に約束し、手引きをさせたのでしょう。ところが村雲は直後に行方をくらまし、ナイジェリアから帰国しました。それを助けたのは〝本社〟でした。つまり『マッカーサー・プロトコル』は、まだ村雲がもっている」

「ずいぶん危ない橋を渡っているのだな」

「村雲は藤堂を敵に回しています。一木会か〝本社〟、このどちらかを味方につけない限りは生きのびられません」

「千葉で〝本社〟の人間を殺したのは、一木会のグルカキラーではないというのかね」

クチナワは首をふった。

「わかりません。グルカキラーの最初のひとりは、藤堂のボディガードをしている、ビチャルというネパール人です。その後ビチャルに連れてこられたり訓練をうけた連中が一木会に雇われたと聞いています」

「ビチャルと袂《たもと》を分かったということか」

「グルカ兵は、もともと傭兵《ようへい》です」

小男は黙りこんだ。クチナワはいった。

「千葉で〝本社〟の人間を襲ったのがグルカキラーなら、それは一木会に属しているのではない、ビチャルという可能性が高い。とすると、村雲は藤堂のもとに連れていかれたと考えるべきでしょう」

「裏切り者の村雲を藤堂が殺さなかった理由が、『マッカーサー・プロトコル』というわけか」

「『マッカーサー・プロトコル』は、藤堂には価値がない。しかし一木会や〝本社〟にとっては、六十五年前の契約をアメリカ政府につきつける証文になります」

「藤堂はそれをどう使う？」

「わかりません。藤堂の下を離れた郡上にもたせていたくらいですから、もともとは使う気がなかったと思います」

「だが今は使うつもりではないのか」

「藤堂と〝本社〟は戦争中です。もし使うとするなら、一木会との共闘のエサとしての価値しか考えられませんが、それは藤堂らしくない。ビジネスで他の組織と手を組むことはあっても、戦争でそうしたことは一度もないのです」

「だから信田が倉田を殺したとは考えられないか」

「殺される直前、倉田は信田に共闘をもちかけていました。信田は一瞬それを検討するような顔をしました。それに一木会と藤堂が手を組んでいるなら、我々の呼びだしに応《こた》える必要もなかったし、倉田の組事務所周辺に見張りをおく理由もない。一木会は『マッカーサー・プロトコル』をまだ手に入れていないし、そのメドも立っていないのです」

　小男は宙を見つめた。

「信田の訊問《じんもん》の状況は？」

　クチナワは訊《たず》ねた。

「完全黙秘だ。何も喋《しゃべ》らんよ」

　クチナワは無言で頷いた。

「結局、藤堂が何を考え、しようとしているかということだな」

小男はいった。

「理由がなければ、日本にはいない男です」

「理由は、あるだろう。君が使っていた、あの娘だ」

「藤堂が娘思いだと聞いたことはありません」

小男は目をそらした。皮肉げな笑みが口もとにあった。

「藤堂について詳しい君がいうのだから、まちがいないだろう」

「ただカスミが現在、藤堂と行動を共にしているのはまちがいないと思われます」

「その証拠は？」

「タケルとホウを支援する動きがあります」

「支援？」

「タケルを殺そうとした〝本社〟の人間を狙撃《そげき》した者がいます」

「それが娘だと？」

「いえ。娘の要請をうけた、藤堂かその手下でしょう」

「生きているのなら、なぜ君に連絡をしてこない。あるいはあの二人に」

「わかりません」

小男はわずかに黙り、いった。

「今日一日で、ずいぶん多くの人間が死んだわけだ。その大半は、藤堂の指示で殺された、と」

「証拠はありませんが」

　小男は立ちあがった。

「これまでは藤堂が国外にいるという理由で、我々はあまり注意したことがなかった。日本にいると、これほど多くの凶悪事件をひき起こすとはな。藤堂を逮捕すれば、事態は収束に向かうと考えていいようだ」

「『マッカーサー・プロトコル』を欲しがっているのは、一木会と〝本社〟です」

「連中はこれまでも存在していた組織だ」

「存在を許してしまった、ともいえます。壊滅に追いこむことができずに」

　小男は冷ややかにクチナワを見おろした。

「それは君の考え方だ。君があの三人を使った理由が従来の捜査、摘発手法への不満だとしても、委員会は解散した。今後は従来の方法に戻って、藤堂の身柄確保に全力を挙げることにする」

「委員会のメンバーに〝本社〟との内通者がいた問題は、どう処理されるのです?」

「そんな報告はうけていないし、たとえいたとしても委員会にはもう何の権限もない」

「その内通者のせいでカスミは殺されかけました。お咎《とが》めなしですか」

「凶悪犯罪者の娘など、殺されたとしても気にする者はいない」

「タケルとホウは、そのカスミのために命をかけました」

「その二人も、もとをただせば犯罪者だ。毒をもって毒を制するという、君の手法がそれなりの効果をあげたことは認めよう。が、この先はない」

「私はどうなるのです?」

小男は笑みを浮かべた。

「初めて自分自身のことを訊ねたな。今のところ、君の身分に変化はない。退職してもらうにしても、藤堂の件がおさまってからになるだろう。君の捜査方法や委員会について、あれこれと詮索《せんさく》されるのは好ましいことではないのでね」

「ひっそりと去れ、と」

小男の笑みが大きくなった。

「ひっそり、か。いい言葉だ。私も今の職を辞めるときは、ひっそりと辞めていきたいと思っている。我々のような人間にはそれがふさわしい」

クチナワは無言だった。小男は軽く頷くと病室をでていった。

タケル

「ここがお前らのねぐらだ」

アバシリがいった。東京から荒川《あらかわ》を渡って埼玉《さいたま》県に入り、すぐのところにあるプレハブの住宅だった。「トーエイ警備保障管理地」という立て札がある。あたりは川の中州になっていて、倉庫や小さな工場がたち並んでいた。

「社員寮にしていたんだが、湿気と蚊が多いんで、嫌がる奴ばかりでな。今は使ってない」

アバシリはいってベストの中から鍵束《かぎ》をだし、プレハブのドアにさしこんだ。鍵を開け、ドアをひいて二人に顎《あご》をしゃくる。中に足を踏み入れると、淀《よど》んだ空気の臭いが鼻を突いた。

プレハブは二階建てで、一階にトイレやシャワーがあり、二階に二段ベッドが並んでいた。

事務所仕様の一階には古ぼけた傷だらけの革張りソファとデスクがある。タケルが腰をおろすと、スプリングがへたっているのか、床まで沈んだ。

「ここの鍵をもってるのは俺だけだ。会社にはスペアがあるが、気にする奴は誰もいない。免許をもってるか」

アバシリが訊ね、ホウが頷《うなず》いた。

「じゃあここまで乗ってきた車をおいていくからそれを使え。車がないと買いものとかに不便だからな」

表に止めた、クリーム色の軽ワゴンをアバシリは示した。

「あんたはどうするんだ？」

タケルは訊ねた。近くに駅はないし、タクシーも通らないような場所だ。

「よけいな心配はするな。警察はお前らの携帯の番号を知っているのか」

「クチナワとトカゲが教えなければ知らない」

「なら大丈夫だろう。あの二人がお前らを売ることはない」

ホウがタケルの向かいのソファに腰をおろすと、バキッという音がした。

「会社で使わなくなったボロばかりだ。捨てるよりマシだと思っておいてある」

「あんたの会社なのか？」

タケルの問いに、アバシリは答えた。

「最初は昔の仲間と始めた。工事現場の赤棒振りじゃなくて、本当に身を守ってもらいたい客だけを相手にしてな。だが金を払って身を守ってもらいたいという奴の大半はクズだってことがわかった。そんな奴らにぺこぺこするくらいなら、工事現場で働くほうがマシだ。それで方針をかえた。皮肉な話だが、そうしてからは会社も大きくなった」

「昔の仲間ってのは警察か？」

ホウが訊ねるとアバシリは頷いた。

「昔、マスターから聞いたことがある。クチナワは精鋭の刑事ばかりを集めた特殊部隊を作った。けどうまくいかなくて、結局解散させられたって。あんたもマスターもそこにいたんだろ」

タケルはいった。

アバシリはベストから煙草をとりだし、火をつけた。ソファのかたわらにあるスティールの机に尻《しり》をのせ、煙を吹きあげる。しばらくそうして煙草を吹かしていたが、いった。

「なぜ解散させられたか、聞いたか」

タケルは首をふった。

「とにかくうまくいかなかった、としか聞いてない」

アバシリは吸いさしをデスクの上にあった灰皿につきたてた。

「理由はふたつある。ひとつ目は、部隊が優秀すぎたことだ」

「優秀すぎた？」

「部隊の隊長は警視正で、その捜査活動が事前に警視正から上の人間に伝わることがなかった。だから部隊は政治的な制約をまるでうけずにすんだ。その結果、ありとあらゆることを調べあげた」

「ありとあらゆること？」

「法の内側にいる人間が外側にいる人間と、知られてはマズいつながりをもっている。しかも内側の人間の中には、政治家や高級官僚がいた。本来なら、警察組織の安全弁が、そこに捜査が及ばないようストップさせる。タブーって奴だ。出世をしたい警官なら、見て見ぬフリ、気づかないフリをする。上に憎まれてまでそんなことを調べるくらいなら、もっと先につかまえなけりゃならないワルがいっぱいいるからだ。だが隊長は、どんどん調べろ、といった」

「ウミをだそうとしたのか、警察の」

タケルがいうと、アバシリは首をふった。

「初めは俺たちもそう思った。さすが俺たちの隊長だ、すごいことをする、と。だがそうじゃなかった。隊長が考えたのは、ウミをだすことじゃなくて、よそから口をださせない切り札を部隊にもたすことだった。アメリカのFBIの初代長官をつとめた、エドガー・フーバーのやり方だ。フーバーは、FBIの中立を守るためだとして、政治家や役人のあらゆる弱みを調べあげた。その結果、誰もフーバーをクビにできず、死ぬまで長官の座についていた。何代もかわった大統領たちですら、フーバーには手をだせなかった」

「それが潰《つぶ》された」

ホウがいった。

「直接の引き金はちがう。部隊は、上のタブーを調べている一方で、重大犯罪者の捜査もおこなっていた。当時は連戦連勝だった。目をつけた野郎は必ず居どころをつかみ、証拠をそろえ、パクって検察送りにした。これと決めたら、全員で捜査にあたるのが部隊のやり方だったからだ。最後に俺たちが目をつけたのが、藤堂だった。あの頃、奴は日本にいることが多かったからな。ふたつ目の理由だ」

「藤堂のせいで潰されたのか」

ホウが訊《たず》ねた。

「俺たちは藤堂にもう少しのところまで迫った。奴の組織は暴力団とちがって、情報の管理が徹底していた。藤堂が何を考え、そのために組織をどう動かしているかを知っているのは、ごく少数の幹部だけで、中には自分のボスが藤堂であることすら知らない構成員もいたほどだ」

アバシリは答えた。

「藤堂の組織てのは、どれくらい人がいるんだ?」

タケルは訊ねた。

「当時日本にいたのは五十人くらいだった」

「たった五十人かよ」

「その五十人の他に国外で活動する者が二百人ほどいた。中米、東南アジア、アフリカで麻薬・宝石の密輸、密売に携る者たちだ。藤堂の日本での非合法活動は、それらを日本の暴力団に売りつける、いわば犯罪の商社だ。ただし、組織の〝客〟は、日本のやくざだけじゃなかった。麻薬・宝石は、闇市場では通貨のかわりとなる。オンライン化された銀行間での決済は記録がすべて残るため、司法機関に知られてしまう。が、武器の代金として麻薬や宝石を使えば、追跡は難しい。藤堂は通貨としての麻薬・宝石を武器商人と取引する者たちに売りつけていた。そうした実態をあるていどつかみながら、日本の警察は長く藤堂に手だしできなかった」

「なんでだ。日本国内の犯罪じゃないからか」

タケルは訊ねた。アバシリは首をふった。

「藤堂の顧客だ。武器をこっそり売ったり買ったりするのは犯罪者だけじゃない。対立する国の反政府活動を支援する情報機関も、藤堂の客だった。早い話、CIAも藤堂の通貨で買った武器を、反米的な国の反政府主義者に流していたんだ。藤堂の通貨を使えば、武器代金のでどころがCIAだとつきとめられずにすむからな。同じことをCIAだけじゃなく、モサドやロシアの情報機関もやっていた。藤堂の通貨は、国際的な闇市場の〝必要悪〟だった。だから藤堂の組織を潰されては困る連中から日本政府は圧力をうけていた」

「きたねえ話だな」

「ああ、きたない。国家なんてそんなものだ。こっそり渡した武器で何千、何万という人間が殺されようと、自分らと対立する国の国民ならかまっちゃいない」

「じゃあどうやって、もう少しのところまでいったんだ」

ホウがアバシリを見つめた。

「藤堂の組織は、海外で得た利益を日本国内にはおかず香港やシンガポールの銀行にプールしていた。俺たちはそれを税法違反で摘発できないかと考えた。銀行にプールされている金の運用を任されていた投資顧問事務所の担当者をマークし、そいつが頻繁に日本と東南アジアをいききしていることをつきとめた。担当者は、自分が犯罪組織の金を管理しているとは知らず、事務所の指示で動いているようだった。そいつの協力を得られれば、藤堂の組織を、税法違反容疑でガサ入れし、よりでかいネタをつきとめられると思った」

「うまくいかなかったのか」

「投資顧問事務所の担当者が殺され、隊長の車に爆弾がしかけられた。命はとりとめたものの、隊長は両脚の膝《ひざ》から下を失った。十年前のことだ」

「まさか」

タケルはつぶやいた。全身がかっと熱くなっている。

「その殺された投資顧問会社の人間は何ていった？」

アバシリはタケルに目を向けた。

「なんでそんなことを訊《き》く」

「いいからいえよ。何ていうんだ」

「武下《たけした》といった。ある日強盗が家に押し入り、本人、妻、娘を惨殺した。犯行に使われたのは、グルカナイフと呼ばれる特殊な武器だった」

ホウがさっとふりむいた。

「タケル！」

タケルは目をぎゅっと閉じた。

「くそっ」

両手を思わず握りしめていた。やはり家族を皆殺しにしたのは藤堂だったのだ。

「どうした？」

アバシリが訊いた。

「皆殺しにされたのは、このタケルの家族だ」

ホウが答えるのが聞こえた。

「何だと」

タケルは目を開いた。

「俺の両親と妹だ」

アバシリは信じられないというようにタケルを見つめている。

「死体を発見し通報したという十歳の男の子がお前だったのか」

タケルは無言で頷《うなず》いた。アバシリは大きく息を吐いた。

「何てこった」

「やらせたのが藤堂だってわかっているのに、なんでパクらなかった」

タケルはいった。怒りに声が震えていた。

「それをわかっていたのは部隊の人間だけだ。隊長が入院している間に、警視庁は部隊の解散を決定した。事件の捜査を担当した一課に、俺たちの情報は伝わらなかった。その理由を聞いて、俺たちは警察を辞める決心をした」

「どんな理由だ」

ホウが訊ねた。

「隊長の車にしかけられた爆弾の破片から、アメリカ軍の特殊部隊でしか使われていない起爆装置が発見された。つまり隊長の暗殺未遂に、何らかの形でアメリカがかかわっていたってことだ。米軍かCIAか、いずれにしたところで、日本の警察が決して手をだせない相手だ」

「クチナワは、藤堂をパクるつもりだと上に報告していたのか」

ホウが眉《まゆ》をひそめた。

「いや。藤堂をやろうとすれば、公安筋から必ず横槍《よこやり》が入るとわかっていたから、絶対に知られないよう、動いていた。だからこそ俺たちはわかったんだ。藤堂はCIAを味方につけている。警視庁の上層部も知らなかった俺たちの活動をつきとめられるのは、CIAくらいだ」

「クチナワを狙う藤堂にCIAが爆弾を提供したのか」

ホウの問いにアバシリはタケルを見た。

「あるいはCIAそのものが動いたのかもしれん。藤堂が顧客であるCIAに圧力をかけ、隊長やこいつの父親を排除した」

「だがグルカキラーは、藤堂が日本に連れてきたんだろう」

タケルはいった。アバシリは感心したような表情を浮かべた。

「ほう。どうやってそれをつきとめた？」

「つきとめたのはカスミだ。『一木会』の河原組の組長から聞きだした。グルカキラーの最初のひとりは藤堂が日本に連れてきた、と。それを俺も聞いていた」

ホウがいった。アバシリは息を深々と吸いこんだ。

「それが藤堂の〝闇〟だ」

「闇？　どういうことだ」

「奴には、我々がつきとめようとしてつきとめきれなかった、でかい〝闇〟がある。たとえばどうやってＣＩＡや他の情報機関とのパイプを築いたのか。グルカ兵とどうやって知り合い、なぜ日本に連れてきたのか。隊長はそこに迫ろうとしている。そしてあと一歩のところまで近づくと、必ず妨害が入る」

「そんなことは関係ない。俺の家族を殺させたのが藤堂なら、絶対に償いはさせる」

「威勢がいいな」

アバシリがいったので、タケルはかっとなった。

「そういうあんたこそ、相手にＣＩＡがついてると聞いて、尻尾《しっぽ》を巻いたのじゃないか」

アバシリは怒りをおさえるように目を細めた。

「いいか、小僧。俺たちは警察官だったんだ。お前らのように囮捜査《おとりそうさ》をしたり、証拠もないのに容疑者をつけ回すような真似は、警察官にはできないんだ」

「だからこそクチナワは俺たちを集めたんだ」

ホウがいった。

「あんたら正規の警官じゃできないやりかたで藤堂を追いつめようとした」

「まだわからんのか」

あきれたようにアバシリは首をふった。

「お前らは、ただのオマケだ。隊長が必要としたのは、あの娘ひとりだ。あの娘をおさえていれば、いつか藤堂のところにたどりつける。だが娘ひとりに協力させようとしてもうまくいかん。それで隊長はお前ら二人と娘をチームにした。娘は、隊長のことは裏切っても、チームであるお前たちを裏切れない。それを計算したんだ」

「そんなことはわかってる」

ホウがいった。

「カスミがいなけりゃ、俺たちの任務は一度だってうまくいかなかったろうさ。カスミは天才なんだ。クチナワは、カスミを利用すれば藤堂をパクれると考えてる」

タケルは息を吸いこんだ。それはタケルにもわかっていたことだ。それどころか、

「カスミも俺たちを利用してた」

タケルがいうと、アバシリは意外そうな顔をした。

「娘がお前らを?」

「クチナワに協力したのは、カスミにも目的があったからだ。そのためにカスミは、ホウと俺をクチナワにリクルートさせて、チームにした。つまりカスミとクチナワは互いを利用しあっていたのさ」

「娘の目的は何だ？」

「わからない。だが藤堂に関係していることはまちがいない」

ホウが答えた。

「だったらお前らも隊長も用なしだな。娘は今、藤堂と行動を共にしているのだろう」

「クチナワはそうだろうが、俺たちはちがう」

「なぜそう思う」

「カスミはタケルを助けた。用なしなら、〝本社〟の奴がタケルを殺すのを止めなかった筈《はず》だ」

「お情けじゃないのか。かつてのチームメイトが殺されるのをほうっておけなかっただけで」

「カスミはそんな奴じゃない」

タケルはいった。

「あいつはずっとクールだ。理由もないのに俺を助けたりしない」

ホウが驚いたようにタケルを見た。

「まだカスミには俺たちとやり残した任務があるんだ。だから俺を助けた」

アバシリはあきれたように首をふった。

「妙な奴らだよ。殺されるとわかってて仲間をかばうくせに、利用価値がないなら殺されてもしかたがないというのか」

「カスミは特別なんだ。あんな奴は、世界中どこにもいない」

タケルはいった。

「それはただ惚《ほ》れてるってことじゃないのか。え？　お前も同じ意見か」

アバシリはホウを見た。ホウが頷いた。

「タケルのいう通りだ。カスミは本当に特別なんだ。だから俺たちは、どうしてもカスミを見つけだす」

「勝手にしろ」

アバシリは吐きだした。

「お前らが殺されようがどうしようが、俺の知ったことじゃない」

アツシ

アバシリがでていくと、二人とも急に無言になった。今日一日であまりに多くのできごとがありすぎた。気づくと、よごれた窓の向こうの空が白みかけている。

ホウは煙草に火をつけた。カスミのほうから接触してくる、とクチナワはいった。

だが本当にそんなことがあるのだろうか。

カスミが生きているという確かな証拠すら自分たちは得ていない。トラックヤードでタケルを殺そうとした〝本社〟のやくざを狙撃《そげき》させたのは、カスミではなく藤堂だったのではないか。理由は、アバシリのいう、ただのお情けで。

その上に「マッカーサー・プロトコル」や藤堂の〝闇〟という情報が加わり、頭が破裂しそうだ。カスミならきっと、何が起こっていて、これからどうなっていくかを説明できるだろうが、自分やタケルにはとうてい処理しきれない。

ソファにすわっていたタケルが不意に立ちあがった。上着を脱いでTシャツ一枚になると、床に横たわる。そして腕立て伏せを始めた。

「何してる？」

「頭がパンパンで寝られそうもない。とりあえずへとへとになるまで体を動かす」

体を上下させながらタケルがいったので、ホウは思わず噴きだした。

「お前らしいよ」

「ホウは平気なのかよ。俺は考えれば考えるほどわからなくなる」

「俺だって同じだ。どこかに突破口がないか、真剣に考えてるんだが、情報が多すぎて、わけわかんなくなってる」

「だろ。くそっ、くそっ」

タケルの動きが激しくなった。

「カスミ、早く連絡してこいよ」

タケルは呻《うめ》くようにいって体を動かしつづけ、ついに床に倒れこんだ。ごろりと寝返りを打ち、仰向《あおむ》けになったまま荒い息をしている。やがていった。

「なあ、カスミに俺たちが会うときは、藤堂もそこにいるんだろうな」

ホウは息を吐いた。

「だろうな」

「カスミに会うのはまちがってるのかな」

タケルが低い声でいった。天井を虚《うつ》ろな目で見上げている。

「カスミに会えば藤堂に会う。藤堂に会ったら、俺は、俺は……」

両腕を顔にのせた。

「カスミはそれがわかってるから、俺たちに連絡をしてこないのじゃないか」

くぐもった声でいった。ホウは無言だった。

そうかもしれない。たとえどれだけ凶悪な犯罪者であろうと、藤堂はカスミにとっては父親だ。そしてカスミの〝天才〟は、その藤堂によって作られたのだ。

カスミは父親には逆らえないのではないか。それがわかっているからずっと離れて生活していた。いっしょになった今、家族の敵をうとうとするタケルとの対立は避けられないと感じている。だからこそ、姿を現わさないのだ。

「畜生！　どうすりゃいいんだよ」

タケルは鼻声になっていた。顔をおおった腕の下から、涙が耳に向かって流れている。

ホウは目をそらし、新しい煙草に火をつけた。

「考えたって始まらない。なるようにしかならない」

わかっていたことだ、という言葉を呑《の》みこんだ。タケルをチームのメンバーにしたときからカスミはわかっていた筈だ。いつか自分の父親とタケルの対決が避けられなくなるのを。

「やっぱり利用されてたのかな」

タケルがつぶやいた。ホウは無言だった。ソファの上に足をあげ、吸いかけの煙草を空き缶に落としこむ。二階にベッドがあるとわかっていても、そこまでいくのが億劫《おっくう》だった。

ベッドに入ったとたん、目がさえて眠れなくなる。そんな気もした。

「寝ようや」

低い声でいって、目を閉じた。

トカゲ

目を開くと、ベッドのかたわらに男が二人立っていた。スーツにネクタイを締め、目が合ってもまるで表情をかえない。

「足首の骨が折れているそうだ」

ひとりがいった。二人とも紺のスーツで眼鏡をかけ、驚くほど雰囲気が似ている。

「どこだ？」

トカゲはいった。

「どこだ、とは？」

もうひとりがいった。

「ここの場所を訊《き》いているのか。病院だ」

おかしくもなさそうに笑った。

「あんたらの所属だ。組対だったらたいていの顔はわかる。知らない顔だ」

男たちは顔を見合わせた。芝居じみた仕草だ。

「重要なことか、それが」

最初の男――Aがいった。

「我々の所属をなぜ気にする？」

もうひとりのBが訊《たず》ねた。

「警視正も同じ病院か」

二人はまた顔を見合わせた。

「ちがう」

やがてBが答えた。

トカゲは上半身を起こした。右足首がギプスで固定されている。

「まさか――」

「死んではいない」

Aがいった。トカゲはほっと息を吐き、背中をベッドに戻した。

「質問をしたい。君の携帯電話に記録されていた写真に関することだ」

Bが立ちあがり、トカゲの携帯電話をかざした。

「現場は千葉だ」

「それはわかっている。犯人を君は見たか」

トカゲはBの顔を見つめた。

「千葉県警の捜一か？」

かすかにBが頷《うなず》いた。

「課長は今、誰だ？」

「質問に答えろ」

Aがいった。トカゲは首を巡らせ、部屋を見回した。ただの病室にしては妙だ。ナースステーションとつながるインターホンがない。窓にはカーテンがかかっているが、すきまから鉄格子が見えた。

「何の権利があって訊く？　あんたらは警官じゃないだろう」

「何をいってる」

Aが眉《まゆ》をひそめた。

「身分証見せろよ」

Aが上着からバッジをとりだし、ちらりと見せ、しまった。

「どこなんだ」

「刑事ではない」

やがてBが答えた。

「公安《ハム》か」

「そうだ」

渋々といった口調でAがいった。

「なぜ公安がでてくる。マルBの殺し合いに」

「理由は、君が答えたら教えよう。ホテル跡の殺人犯を見たか」

「殺しの捜査を公安がやるのか」

「答えろ！」

Bが怒鳴った。

「もう一度バッジを見せてくれ。所属のわかる身分証といっしょに」

二人は黙った。

「非協力的だな」

AがBを見た。

「薬を使ってもいいんだぞ」

Bが身をのりだし、トカゲにおおいかぶさるようにしていった。その瞬間、トカゲはネクタイをつかみ引き寄せて、相手の顔に額を叩《たた》きつけた。眼鏡が飛び、Bはうっと呻き声をたてた。

Aが立ちあがった。目もくれず、トカゲはさらに二度、Bの顔に頭突きを見舞った。

Bが悲鳴をあげた。ぱっと鼻血がとび散る。

「離せっ」

「どこだと訊いてる。答えろ」

トカゲはBの首に左腕を回し、抱えこんだ。頸動脈《けいどうみゃく》をおさえつけると、Bが激しく身をよじった。首に腕をくいこませる。

「おいっ、離せっ」

Aがトカゲの左腕に手をかけた。右肘《みぎひじ》をその顔に叩きこんだ。床に倒れこむ。

「あと数秒であんたは失神する。脳に酸素がいかないからだ。さらに絞めつづけるとどうなるか」

トカゲは一瞬腕をゆるめ、Bの耳もとでいった。

「こ、殺す気か」

「まだ死にはしない。ただし脳に機能障害が残る」

Bはかっと目をみひらいた。

「や、やめろっ。うっ」

トカゲは腕に力をこめた。Bの手が腰にのびた。めくれあがった上着の下にホルスターが留められている。グロックの銃把が見えた。

「妙じゃないか。公安《ハム》が拳銃《けんじゅう》を着装している。しかもグロックなんて支給されてない銃を」

耳もとでいい、さらに力をこめた。

「おいっ」

立ちあがったAが叫ぶと腰から拳銃を抜いた。これもグロックだ。

「よ、よせっ」

Bが呻《うめ》くようにいった。

「アメリカ政府だ。俺たちはアメリカ政府の人間だ」

トカゲはBの腰から拳銃を引き抜くと、ベッドからつき落とした。

Aと銃をつきつけあった。

「アメリカ政府がなんででてくる？」

「銃を返せ！」

Aが怒鳴った。

「返してやる、質問に答えたら」

トカゲはいった。

立ちあがったBがベッドに手をかけ、ぜいぜいと聞こえる声でいった。

「『マッカーサー・プロトコル』だ」

トカゲはBを見つめた。Bの顔には怒りと苦渋が浮かんでいる。

「あんたらの所属は?」

「CIA」

Aが短く答えた。トカゲはグロックのマガジンを抜き、スライドを引いた。薬室に弾丸は入っていなかった。

それをBにさしだした。Bはひったくった。

「犯人は見ていない。我々がいったときは、死後、時間が経過した状態だった」

トカゲはいった。そして訊ねた。

「なぜ今になって『マッカーサー・プロトコル』を追いかけるんだ? ずっと以前から存在していたのに」

「その質問には答えられない」

Bが吐きだすようにいった。

「威張るなよ。お前らがCIAなら、日本国内では何の権利もない」

「お前こそ調子にのるな! このまま息の根を止めることだってできるんだぞ」

Bがハンカチを鼻にあて怒鳴った。

「やってみろよ」

トカゲがいうと、拳銃を向けてきた。Aがそれを止めた。

「よせ」

「この野郎……」

トカゲはAに目を移した。

「ここはどこなんだ？」

「米軍基地内にある病院だ。つまりアメリカ領土だ。だから我々には権利がある」

Aが冷ややかに答えた。トカゲはじっとAの目を見つめた。どうやら真実をいっているようだ。

「妙だな」

トカゲはつぶやいた。

「お前が何を考えようと知ったことじゃない。我々に協力しなければ、後悔する」

Bがいった。

「これ以上何を協力するんだ？　犯人は見ていないといったろう」

AとBは顔を見合わせた。

「『マッカーサー・プロトコル』はどこにあるんだ？」

Aが訊《たず》ねた。

「知らない。村雲がもっているという話だが、その村雲はグルカキラーが連れていった」

「グルカキラーがやったという証拠があるのか」

Bがいった。

「俺の携帯に入っていた写真を見たんだろう。他に誰があんな殺し方をする?」

トカゲはBを見た。Bは目をそらした。

「見せかけただけかもしれん」

「だとしても俺には確かめようがない」

トカゲは答えた。

「なあ、協力してくれたら悪いようにはしない。お前とお前の上司は失職寸前だ。それを何とかしてやることも、我々にはできる」

Aがいった。

「だから訊《き》いているじゃないか。これ以上何を協力しろというんだ」

「村雲がどこにいるのかをつきとめろ」

「足首が折れているのにか」

「松葉杖《まつばづえ》をつけば動き回れる。俺たちがついていてやる」

トカゲは考えるフリをした。

「『マッカーサー・プロトコル』さえ回収できればいいんだ。藤堂も村雲もお前らにくれてやる。そうすりゃ、お前もお前の上司も、返り咲ける」

「警視正はどこにいる?」

「答えろ! 協力するのか、しないのか」

Bがいらだったような声をだした。

「警視正と相談させてくれ」

「ボスといっしょじゃなきゃ何もできないのか？　よほどおつむに自信がないんだな」

Bが顔をつきだした。トカゲが手をのばそうとすると、あわてて顔をひっこめる。

「お前らが本物のCIAなら、俺と警視正を会わせることができる筈《はず》だ。『マッカーサー・プロトコル』が欲しければ、俺と警視正の両方の協力を得られるようにしたほうがいい」

「お前のボスは日本の警察の監視下にある」

「お前らの力でそれを外せばいいだろう。できないなら、さっきいった条件をうのみにはできんな」

Aは深々と息を吸いこんだ。

「調整に時間がかかる」

「かけろよ。こっちはどうせ身動きがとれない」

「何を考えてる？　え？」

Bがすごんだ。

「お前らの考えてることを考えてる」

「何？」

トカゲは笑った。

「さっさといけ。そして調整とやらをしてこい」

目を閉じた。そしてそのあとは何をいわれても答えなかった。

クチナワ

目を開いた。わずかな時間眠ったような気がする。それが十五分なのか一時間なのか、あるいはもっとなのかわからない。

目がさめたのは、病室のドアが細めに開かれたからだった。廊下の光がさしこんでいる。

ナース姿の細い体が病室に入りこみ、ドアを閉じるとその場からクチナワのようすをうかがった。

「遅かったな」

クチナワはいった。

「いつくるかいつくるかと思っていた」

ナース姿のカスミが、クチナワのベッドのかたわらに立った。

「なぜ二人を巻きこんだの?」

クチナワを見おろし、いった。怒りのこもった口調だった。

「巻きこんだ？　何をいっている。二人があのまま君のことを忘れてくれるとでも思っていたのか」

カスミは唇をぎゅっと結び、首をふった。細い体が前以上に細くなり、ナース服がひどく大きく見える。

「〝本社〟も『二木会』も二人を捜している。何人も死んだ責任が二人にあると思って」

「そう仕向けたのは藤堂だ。村雲を連れていったろう」

「村雲を？」

カスミが訊き返したので、クチナワは体を起こした。

「千葉のホテル跡で保護されていた村雲を連れ去ったのは藤堂の下にいるグルカキラーじゃないのか」

「ビチャルはやっていない」

カスミは答えた。クチナワは首を傾げた。

「ビチャルがやらなければ誰がやるんだ。藤堂のボディガードだろうが」

「だったの。ビチャルは去年の暮れ、事故で亡くなったとあいつはいった」

クチナワはカスミを見つめた。嘘をいっているようには見えない。が、藤堂が真実を語っておらず、カスミがそれを信じたという可能性は排除できなかった。

すぐにその考えを打ち消した。行動を共にしている娘に、手下の生死について嘘をつく必要が、藤堂にはない。

「すると村雲を連れ去ったのは、藤堂ではないということか」

「あいつなら、裏切り者をわざわざ連れていったりはしない。その場で殺すだけ」

「妙だな」

クチナワはつぶやいた。村雲を保護していた〝本社〟の男たちを襲ったのがグルカキラーだとするなら、あとは一木会の傘下にいる連中しかいない。ならば「一木会」は「マッカーサー・プロトコル」を手に入れたか、じきに手に入れる。

信田がわざわざ自分や倉田に会いにでてくる必要はなかった。

「村雲の居どころを藤堂は知らないのか」

「あいつは村雲になんて興味はない。ただの裏切り者で、見つけしだい殺す、それだけ」

抑揚のない声でカスミはいった。

「じゃあなぜ、まだ日本にとどまっている？　〝本社〟との戦争のためか」

「知らない」

カスミはいったが、それは嘘だと、クチナワにはわかった。

「あいつらに連絡してやれ。死ぬほど君のことを心配している」

カスミは小さく首をふった。

「あたしのことなんてもう忘れていいのに」

低い声だった。

「あいつらは君がいなけりゃ何もできない。頭のない手足だ。それでもけんめいにもがいて、君を見つけだそうとしている」

「その結果、〝本社〟や一木会に追われているの？」

「追っているのはそれだけじゃない。警察も、二人を捜している」

カスミは目をみひらき、クチナワを見つめた。

「二人は、私のバックアップを失った。私もバックアップを失くした。『リベレイター』の一件で、私のやりかたを支持していた委員会は解散させられた。内部に〝本社〟とつながる人間がいたことが判明したからだ。その人間が誰かをつきとめる捜査はおこなわれなかった」

「ただくさいものにフタをしただけ？」

クチナワは頷《うなず》いた。

「それで君は何しにきたんだ？　二人を巻きこんだと私を責めたかったのか」

「確かめたいことがあった」

カスミは一歩、クチナワのベッドに近づいた。

「あなたがあいつの組織に潜りこませたスパイの正体」

クチナワは静かにカスミを見た。

「知ってどうする？　藤堂に粛清させるのかね」

カスミは首をふった。

「あなたが使っていたスパイは、もうあいつのそばにはいない、とあたしは思ってる。だから粛清なんてできない」

　クチナワはわずかのあいだ沈黙した。

「なるほど。するとスパイは――」

「村雲。郡上さんを殺したあと、日本をすぐに脱出したのは、あなたからの警告があったから。それより何より、郡上さんを殺させた犯人の名前を、組織の外部にいたあなたが知っていたことじたいが、村雲本人があなたのスパイだった証明。もしかすると、村雲が藤堂を裏切るように仕向けたのは、あなたかもしれないと思ったの」

　クチナワは深々と息を吸いこんだ。

「藤堂の帝国を壊すためなら、あなたはどんな手でも使う」

　カスミがつづけた。クチナワはカスミを見た。

「鋭い洞察だ」

「いつからスパイにしていたの？」

「早い段階だ。ミドリ町の一件のあとで、私は秘密裡《ひみつり》に村雲と接触した」

「じゃあ村雲が郡上さんを殺すつもりだったことを知っていたのね」

　カスミの目に怒りが浮かんだ。

「いや、それは予測していなかった。村雲は保険をかけたのだと思う」

「保険？」

「村雲は頭はきれるが、臆病《おくびょう》な男だ。藤堂の帝国を乗っとるのに失敗したときに備え、一木会や〝本社〟との取引材料を入手しようとしたのだ」

「何なの、取引材料って」

「『マッカーサー・プロトコル』と呼ばれる、一九五〇年に作られた書類だ。日本の暴力団が占領軍司令部と交した密約を裏づけるものだ。大半は破棄されたが、現存するものがあれば、書類に記載された暴力団はアメリカ政府に対し、契約の履行を求めることができる」

「どんな契約なの？」

「彼ら暴力団の活動を認める」

カスミは信じられない、という顔をした。

「そんな内容で、しかも六十年以上も前の書類に効力があるなんて思えない」

「それは実際に訴えをおこすまでわからないし、日本政府はそこに干渉することができない。密約は当時の日本におけるアメリカ政府の代表者と交されたものだからだ」

カスミは首をふった。

「価値があるとは思えない」

「藤堂にとっては、だ。郡上がもっていた『マッカーサー・プロトコル』は、当時の暴力団の流れをくむ一木会や〝本社〟にとっては、証文としての価値がある。村雲はそれを奪うことで、一木会や〝本社〟を味方につけられると考えたのだ」

「村雲は今どこにいるの？」

「一木会を裏切り、〝本社〟の保護下にあったが、それをグルカキラーが連れさった」

「じゃあ一木会がまたとり返したの？」

「ちがう。第四の勢力が動いているようだ」

「あいつでも一木会でも、〝本社〟でもない、四番目のグループが村雲を連れていったということ？」

「そうだ」

「誰なの？」

クチナワは息を吐いた。

「わからない。藤堂ならわかるだろう。訊《き》いてみてはどうだ」

カスミは無言だった。

「会ったのだろう、藤堂に」

「会った」

低い声でカスミはいった。

「撃たれた君に治療をうけさせ、ずっと保護していた。だが今は自由にさせている」

「自由じゃない。命令を与えられている」

カスミは首をふった。

「命令？」

「村雲を捜しだすこと」

「捜しだしたあとは？」

カスミは顔をそむけた。苦しげに答えた。

「あいつの手下が処分する」

「殺人の片棒を担ぐわけか。たとえ裏切り者とはいえ」

カスミは答えなかった。歯をくいしばっている。

「そうか」

クチナワはつぶやいた。

「二人の保護とひきかえなのだな。あの二人を陰から保護することとひきかえに、君は父親の命令をうけいれた。君も大井にいたのか？」

「大井？」

「タケルを殺そうとした〝本社〟の人間が狙撃《そげき》され、死亡した」

カスミは目を閉じ、首をふった。

「いない。でもあいつは約束を守ってるんだ」

「君がやらせたと思った」

「あたしじゃない」

「藤堂は、君を傷つけた償いを〝本社〟にさせようとしている。ちがうか？」

「わからない。あいつが何を考えているのか、あたしにはわからない」

「だったら二人のもとに帰れ。元のチームに戻ればいい」

「無理。それをしたら、今度は二人が危ない」

クチナワは沈黙した。

「二人に手を引かせて」

「私のいうことを聞くような奴らかどうか、君ならわかる筈《はず》だ。君と会うまで、奴らは動くのをやめない。もし止めたければ、自分で止めることだ」

「二人を見捨てたの？」

「見捨てたわけではない。私と行動を共にすれば、警察の拘束をうけ、君と会えなくなると教えただけだ」

カスミは横を向いた。

「二人の携帯はつながらない」

「当然だ。警察に電波を追われる」

「どこにいるのか知っているの？」

「それをつきとめたら、君は二人と接触するのか」

「状況による。あたしがチームに戻ろうとしているとあいつが思ったら、二人は危険になる。だからあなたから伝えさせるか、電話で話そうと思った」

「あいつらは村雲を捜すだろう。村雲が君や藤堂とつながっていると考えている。村雲を捜せば、あいつらといずれぶつかる」

「四番目のグループといる村雲を？」

クチナワは頷いた。

「正体は、たぶん藤堂が知っている」

アツシ

目が覚めると、時刻は昼近くになっていた。かたわらの床でタケルが寝息を立てている。うつぶせで、まるで大きな子供だ。

ホウはそっと体を起こした。古いソファが軋《きし》みをたてたが、タケルに起きる気配はなかった。

ホウは苦笑した。「頭がパンパンで寝られそうもない」といっていたが、一度寝てしまったら簡単に起きそうもない。

プレハブの一階をよこぎると、外にでた。まぶしい陽ざしが注いでいる。アバシリがおいていった軽ワゴンがそれをうけて輝いていた。

キィはパンツのポケットにあった。ホウは乗りこむとエンジンをかけた。

十分ほど走るとコンビニを見つけた。食料や洗面道具、それに何紙か新聞を買い、プレハブに戻った。

タケルの姿がなかった。シャワーの音がする。ホウは新聞を広げた。

きのうの撃ち合いの記事を探した。

どこにも載っていない。別の新聞を見ても、やはり載っていなかった。

スーパーの駐車場で死人がでるような事件だったというのに、記事になっていないのは妙だ。

ホウは事務所の中を見回した。テレビがある。が、それはデジタル放送に対応していない、古いブラウン管モデルだった。念のために電源を入れてみたが、画面には砂嵐しか映らない。

「何やってんだ」

上半身裸のタケルが頭をふきながら、シャワールームからでてきた。

「タオル、あったのか」

「すげえカビ臭《くせ》えけど」

ホウはテレビを消し、ソファに広げた新聞を示した。

「きのうのことが記事になってない」

「嘘だろ」

「自分で見てみろ。朝飯も買ってきた」

いって、タケルと入れかわりにシャワールームに入った。

歯もみがき、さっぱりとしてシャワールームからでてくると、パンを食べながらタケルが新聞を読んでいた。

　ホウもかたわらで、買ってきたパンの包装を破いた。

「俺たちは追われてないってことか」

「いや、公開手配をされていないだけかもしれない。クチナワやトカゲのことがあるんで、警察はマスコミに発表せず、俺たちを捜しているのかも」

「千葉のホテルは記事になってる。身許《みもと》不明の四人の死体が営業していないラブホテルで見つかったって」

「見た」

　ホウはペットボトルからウーロン茶を喉《のど》に流しこんで頷《うなず》いた。

「クチナワかトカゲに電話をしてみるか」

　タケルが携帯電話をとりあげた。電池を外して机の上においてあった。電池を外すようにいったのはアバシリだった。携帯電話は電源を切っていても、微弱な電波を発していて、それを追跡される可能性があるというのだ。

「いや、やめたほうがいい。二人とも怪我で入院しているだろうし、携帯の電波を追いかけられるかもしれない」

　ホウは首をふった。

「じゃ、どうする？　これじゃ状況がまるでわからない。わからないで動くのは危ないのじゃないか」

「『グリーン』のマスターしかいないな。どうなってるのだか教えてくれそうなのは」

「だけど『グリーン』も見張られているかもしれないぞ」

「店には近づけない。夜になったら、公衆電話からかけてみよう」

「それまではどうする？」

「カスミを見つける方法を考えようぜ。闇雲に動き回ったら、警察はともかく、一木会や〝本社〟に見つかっちまう」

タケル

その日の夕暮れ、タケルは渋谷にいた。通りをはさんだ向かいのインターネットカフェの入口を見張っている。中にはホウがいて、一木会や〝本社〟、それにこれまでチームがかかわった事件に関して検索していた。

もう一度最初からおさらいしよう、といいだしたのはホウだった。クラブ「ムーン」の事件から始まり、ミドリ町、郡上の道場での大量殺人、そしてリベレイター。さらにはグルカキラーに関する、これまで見落としていた情報がなかったかを当たっている筈だ。藤堂とその組織に関する情報も何か得られるかもしれない。

渋谷を選んだのは、自分たちのような人間が最も目立たないと思ったからだ。つかまった信田の組、陸栄会が渋谷を縄張りとしていることを考えると〝賭《か》け〟だった。だが頭をおさえられ、活動を制限せざるをえなくなっている可能性もある。

タケルが立っている歩道の二十メートルほど左手に電話ボックスがあった。公衆電話ボックスなどほとんど見かけなくなったが、そこは昔から二台並んでおかれている。

街に変化はなかった。ふだんよりやくざが多く歩いている印象はないし、張りこみらしい車も止まっていない。

おそらく陸栄会の事務所周辺はちがうだろう。組員や刑事があちこちにいる筈で、それは西新宿の、倉田の興平産業の事務所周辺も同じにちがいない。

一時間ほど待っていると、ホウがインターネットカフェをでてきた。タトゥが見えないように長袖《ながそで》のパーカを着け、キャップをまぶかにかぶっている。通りの向かいに立つタケルに、軽く頷いてみせた。

タケルは電話ボックスに歩みよった。今度はタケルの番だ。バー「グリーン」に電話をしている間、ホウがタケルの安全を確認する。

公衆電話に硬貨を落としこみ、「グリーン」の番号を押した。

「はい」

二度ほどの呼びだしのあと、マスターのぶっきら棒な返事が耳にとびこんだ。

「タケルだけど、話せる？」

「店や周囲には誰もいない。だが盗聴されている可能性があるから、お前らがどこにいるとかは喋《しゃべ》るな」

「了解。クチナワたちはどうしてる？」

「まったく情報はない。たぶん病院にいて監視されている」

「俺たちを捜しに誰かきた？」

「誰もこない。だからって捜している奴がいないとは思わないことだ」

タケルは息を吸いこんだ。見える動きが何もないというのは、かえって無気味だった。

「俺たちをつかまえても何も手に入らない」

盗聴している奴らに聞かせてやろうと、タケルはいった。

「ここに誰もこないってことは、お前らが狙いなのじゃない。お前らが誰かを見つけるまでこっそり監視するつもりなのだろう」

誰かがカスミだというのはわかった。カスミの向こうには藤堂がいる。

「もう電話してくるな。してくるなら、今日と同じ場所からはかけるなよ」

「わかった」

マスターが電話を切った。電話ボックスをでたタケルは、ホウを見た。小さく首を傾けている。

タケルは歩きだした。ホウは通りの向かいにとどまった。

渋谷駅まで歩き、JR山手線《やまのて》に乗った。恵比寿で降り、地下鉄に乗りかえる。六本木で地下鉄を降り、ホームで待った。尾行されている気配はなかった。

四十分後、ホウが地下鉄から降りてきた。二人は目を合わせず、次にホームに入ってきた列車に乗りこんだ。霞ケ関《かすみがせき》で地下鉄を乗りかえ、ようやく並んで立った。

「お前がボックスをでてって十分後に車が一台、やってきた。パトカーじゃなくてワゴンだ。私服の男が三人降りてきたけど、ちょっとあたりを見回しただけでいなくなった」

ホウが低い声でいった。

「警察か」

「少なくともやくざじゃない。だけど刑事なら、指紋をとったりとかいろいろする筈《はず》なんだが、やけにあっさりしてやがった」

タケルは頷いた。

「で、何か収穫は？」

「『ミラージュエンターテインメント』だ」

「芸能プロの？」

「社長は一木会とつながっている。カスミは一木会の河原組の組長を、『ミラージュ』の社長に紹介させた。近くで俺も見ていたんだが、思いだしたことがある。カスミが河原組の組長と会って、別れたあと、藤堂の手下のクリハシが現れた。誰かが藤堂にカスミのことを知らせたとしか考えられない」

「どっちだ。『ミラージュ』の社長と河原組の組長と」

タケルはいった。ホウはわずかの間黙り、

「たぶん『ミラージュエンターテインメント』だと思う。社長の久鬼《くき》は、昔藤堂と関係があったらしい。だからカスミと会ったんだと思う。藤堂とのあいだに何もなかったら会う義理はない。だからこそカスミが訪ねてきたことを藤堂に知らせ、クリハシが現れた」

と答えた。

「だけどそのクリハシはカスミを殺そうとし、止めようとしたお前のアバラを折った。藤堂の部下だったらカスミを殺そうとする筈がない」

タケルの言葉にホウは頷いた。

「ああ。しかもクリハシは直後にライフルで狙撃《そげき》されて死んだ。やらせたのは藤堂だと思う」

「おかしくないか。なぜ自分の手下を殺すんだ。カスミを殺そうとしたからか。クリハシがそんなに危ない奴なら、別の誰かをいかせればよかったんだ」

「藤堂はクリハシを試したのじゃないかな」

「試した？」

「クリハシは藤堂の手下だが、村雲の手下でもあった。考えてみるとあのとき、藤堂は日本にいなかった可能性が高い。『ミラージュ』の久鬼から連絡がいき、カスミと話そうと考えた藤堂は、電話をもって会いにいく人間を村雲に選ばせた。村雲は、場合によってはカスミを殺してもかまわないと、クリハシに命じていたのじゃないかな」

「すると村雲の裏切りにその時点で藤堂は気づいていたってことか」

「ああ。だから別の手下にクリハシを監視させ、カスミを殺そうとしたんで狙撃させた」

「試したのといっしょだぜ、それじゃあ。カスミを使って、村雲やクリハシが裏切り者かどうか」

「そうだな。藤堂ってのは、きっとそんな奴なんだ」

ホウは頷《うなず》いた。

「許せねえ」

「それよりこれからどうするかだ」

二人は地下鉄を乗りかえた。

「『ミラージュ』の久鬼を締めあげるか」

タケルはいった。

「それしかない気がする。『ミラージュエンターテインメント』は西新宿にあって、久鬼はそこにいる。見張っていたら襲うチャンスはあるかもしれない」

「ようし、そうとなったら早速新宿に向かおうぜ」

タケルはいった。やることができて、気持が明るくなっていた。

アツシ

「あれがそうだ」

西新宿の高層ビルの駐車場をでてきたまっ白なリムジンをホウは指さした。カスミが接触したときに尾行したので久鬼の車は覚えている。

二人はアバシリから借りた軽ワゴンの中にいた。時刻は午後九時を回っている。

ホウはエンジンをかけ、尾行を開始した。純白な上、馬鹿でかいリムジンを尾《つ》けるのは簡単だった。

リムジンは大ガードをくぐって東新宿に抜け、そのまま靖国《やすくに》通りを市谷《いちがや》方面に進んだ。そして市ケ谷《いちがや》駅に近いビルの地下駐車場へと吸いこまれた。ビルの正面にはレコード会社の看板が掲げられている。

「どうする？」

「いく」

タケルの問いに答え、ホウはワゴンを地下駐車場に乗り入れた。警備員に止められたら、行先をまちがえたというつもりだ。

だが、夜だからか警備員は駐車場の入口にはいなかった。

リムジンは地下エレベータホールの前に止まっていて、運転手が後部席の扉を開けている。そこから上半身が異様に大きい、ゴリラのような久鬼が降りたつのが見えた。

「やるぞ」

ホウはいって軽ワゴンをリムジンの前で急停止させた。目出し帽をかぶったタケルがワゴンの助手席をとびだした。

「騒ぐな。俺たちときてもらう」

タケルはいって、プレハブの隠れ家にあった果物ナイフを久鬼につきつけた。

「社長！」

運転手が叫び声をあげた。眼鏡をかけスーツを着た爺《じい》さんだ。

久鬼はあわてるようすもなく、

「何の真似だ。誰に向かってやってるのかわかってるのか」

と、タケルを見つめた。

「わかってる。『ミラージュエンターテインメント』の社長の久鬼さんだ。五分話をさせてくれたら、怪我はさせない。つきあってくれ」

タケルはいって、携帯電話をとりだした運転手に指をつきつけた。

「一一〇番はなしだ。話さえすれば、本当に社長は解放する」

「何なんだ、お前」

「カスミの仲間だ」

ホウはワゴンの運転席のおろした窓から告げた。

「何ぃ」

「いいから乗れ」

タケルは久鬼の背中を押した。

「社長っ」

「そこにいろ。十分たって俺が帰ってこなかったら、河原のところに連絡しろ。警察より頼りになる」

久鬼はいって、ワゴンの後部席のドアを開けた。覆面をしていないホウの顔を見つめる。

「お前の顔は覚えておくぞ」

「好きにしろ」

タケルが乗りこむのを待って、ホウはワゴンを発進させた。レコード会社のビルをでると外堀《そとぼり》通り沿いにワゴンを止めた。運転手が通報したらすぐに見つかる場所だが、久鬼の命令にしたがっていれば、パトカーはこない。

タケルが目出し帽を脱いだ。

「二人ともガキじゃないか。したことがわかってるのか」

「時間がもったいない。話をすませよう。あんたのところを訪ねてきたカスミに、河原組の組長を紹介したな」

ホウはいった。久鬼の顔に驚きが浮かんだ。

「なぜ知ってる」

「あのとき、あんたのリムジンを歌舞伎町まで尾け、会話も無線で聞いていた」

「あの娘の仲間というのは本当のようだな」

久鬼はいって、着ているジャケットから細巻きの葉巻をとりだすと、火をつけた。

「河原組の組長を紹介したあと、あんたは藤堂に連絡をしたろう」

タケルがいった。久鬼は黙っている。

「答えろよ」

「娘をちゃんとしつけておけといった」

「しつけるどころじゃない。藤堂は自分の娘を、裏切り者を焙《あぶ》りだすエサにしやがった」

ホウはいった。久鬼がホウをにらんだ。

「奴はそういう男だ」

「藤堂の連絡先を教えろ」

タケルがメモ用紙とペンをつきだした。

「断わる。もう五分たった。俺を戻せ」

久鬼は平然と答えた。

「ふざけるな！」

「ふざけてなどいない。お前たちにペラペラ喋《しゃべ》ったら、自分がどんな目にあうか、わからない俺だと思ってるのか」

「あんたから聞いたことはいわない」

「結果は同じだ」

「くそっ」

タケルがワゴンのドアを蹴《け》った。

「じゃあグルカキラーとの連絡手段はどうだ」

ホウはいった。久鬼は目をみひらいた。

「何だと」

「一木会はグルカキラーを使っている。一木会のマネーロンダリングを手伝っているあんたなら、グルカキラーとの連絡手段を知っているだろう」

「知らん。知りたいとも思わない。奴らは、一木会にとっての最重要機密だ。外部の俺が知りようがない」

「おい！　何も教えない気かよっ」

タケルが怒鳴った。

「俺は話してやるとはいったが、教えてやるとはひと言もいってない。まちがえるな。そろそろ俺を帰さないと、河原組がお前たちを狩ることになるぞ」

ホウは息を吐いた。

「残念だけどあんたの勝ちだ。降りていいぞ」

「このおっさんの方が上手《うわて》だ。またカスミを捜す方法を考えよう」

「いいのかよ」

「カスミを捜す？」

久鬼の目が動いた。

「そうさ。カスミは今、親父といるんだ。それを俺たちは捜してる」

タケルがふてくされたように答えた。

「父親のもとに戻っただけだろう。それがなぜ気に入らない」

「あいつの親父は、グルカキラーに俺の家族を皆殺しにさせた」

「なるほど。それであの娘はムキになっていたんだな」

久鬼は頷《うなず》いた。そしてタケルとホウを交互に見やった。

「ひとつだけ教えておいてやる。何も知らんお前らが哀れだからな。グルカキラーは一木会の専売特許じゃない」

「知ってる。藤堂のボディガードのビチャルもグルカキラーだ」

ホウはいった。

「そういうことをいっているのじゃない。グルカキラーを動かせるのは一木会だけじゃないといっているんだ。それに藤堂のところにいたネパール人は、去年死んだ」

「何だって！」

「乗っていたタクシーにタンクローリーがつっこんだ。遺骨はネパールに送られた」

ホウはタケルと顔を見合わせた。

「じゃあやっぱり一木会が村雲をとり戻したのか——」

「何をいっている？」

「村雲は一木会を裏切って、〝本社〟にくっついた。その隠れ家をグルカキラーが襲い、四人殺して村雲を連れだした。千葉のラブホテルで起きた殺人事件のニュースは知ってるだろう」

「村雲が藤堂を裏切ったことは知っている。馬鹿な真似をしたものだ」

「奴はグルカキラーを使って、藤堂の片腕だった郡上さんがもっていたあるものを盗んだ。それを一木会も〝本社〟も欲しがっている」

ホウはいった。

「待てよ、一木会のグルカキラーが村雲を連れていったのなら、なぜ信田があそこにでてきたんだ」

タケルがいうと、久鬼は眉《まゆ》をひそめた。

「陸栄会の信田のことをいっているのか」

「ああ、奴はパクられた」

「お前たち、いったい何をしてるんだ」

あきれたように久鬼がいった。

「カスミを捜している。それだけだ」

「村雲が盗んだというのは何なんだ？」

「『マッカーサー・プロトコル』って書類らしい」

「『マッカーサー・プロトコル』だと？　何だ、それは」

「今から六十年以上前、アメリカが日本のやくざにだした証文みたいなものらしい。共産主義と戦うかわりに、縄張りを認めてやるとか、そんな内容だったそうだ」

「誰が教えたんだ、お前らに」

ホウとタケルは顔を見合わせた。久鬼は明らかに興味を惹《ひ》かれている。

「もう時間なのだろう。あんたの運転手が河原組を呼ぶ」

久鬼はいまいましそうにホウをにらみ、ジャケットから携帯電話をとりだした。

「俺だ。大丈夫だ。もう少し話をしてから戻る。威《おど》されているわけじゃないから心配するな」

一方的に喋って、電話をおろした。

「つづきを話せ」

「『マッカーサー・プロトコル』は、全部で十七、八通あった。当時の大きな暴力団の組長とマッカーサーのサインが入っていて、あとになってほとんどが回収されたが残っていた一枚を郡上さんがもっていた。それを村雲が奪った。一木会と〝本社〟には、プロトコルにサインした組が入っているからだ。俺たちに教えたのは、〝本社〟の倉田だ」

「倉田啓一か、新宿に事務所をもっている」

「もっていた、だ。信田に撃たれて奴は死んだ」

久鬼は目をみひらいた。

「見たのか、お前らは」

ホウは頷いた。

「郡上さんをグルカキラーに襲わせたのは村雲で、『マッカーサー・プロトコル』が手に入るといって、一木会をそそのかしたんだ。だけど村雲はそれを一木会に渡さず海外に逃げた。村雲は〝本社〟と一木会を天秤《てんびん》にかけたんだ。〝本社〟の手引きで日本に戻ってきたが、そこをまたグルカキラーが襲って連れだした。俺たちは藤堂の下にいるグルカキラーがやったと思ってた」

久鬼は首をふった。

「ビチャルが死んだとき、藤堂は落胆していた。あれほど藤堂に忠誠を誓った手下はいなかった」

「あんたと藤堂の関係は何なんだ」

タケルが訊《たず》ねた。

「俺が駆けだしだった頃、奴に痛い目にあわされたことがある。落とし前をつけさせようとつけ回したあげく、また痛い目にあわされた。そのとき奴はいいやがった。俺に極道は向いてない、足を洗え、とな。俺が『ミラージュ』を作ったのはそのあとだ」

「じゃ恩人か」

「どうかな。奴がいなかったら、俺は今頃、一木会の中心にいた。その前に殺されていたかもしれないが」

「どっちだよ」

「わからん。だが極道が向いてないという奴の言葉は正しかった」

久鬼は複雑な表情を浮かべていた。

「なんでお前らみたいなガキにこんな話をしているんだ、俺は」

首をふった。ホウはいった。

「問題はグルカキラーだ。グルカキラーがひと組しかいないなら、一木会のグルカキラーが〝本社〟の連中を殺して村雲を連れだしたことになる。なのに信田は『マッカーサー・プロトコル』を欲しがっていた。一木会のグルカキラーが村雲をさらったのなら、とっくに手に入れていた筈《はず》なのに」

「だからいったろう。グルカキラーは一木会の専売特許じゃない、と」

「どういうことだ？　一木会以外にもグルカキラーを使える連中がいるのか。それともビチャルと一木会以外の、三組めのグルカキラーがいるのか」

タケルが訊ねた。

「三組めなどいない。もともとグルカキラーは、ビチャルが訓練した日本人だ。だがビチャルに反発した部下たちが独立したんだ。藤堂に忠誠を誓ったビチャルとちがい、自分たちの技術をもっと金にしようと考えたのだろう。当時、〝本社〟の東京進出を警戒していた一木会は、奴らが〝本社〟と組むことを恐れ、裏社会での専属契約を結んだ。他の極道組織には決して雇われないという内容だ。そのための金を、一木会は毎年払っている」

「意味がわからねえ。じゃ誰がグルカキラーを雇うんだ？」

首をひねったタケルにホウはいった。

「極道じゃなけりゃいいってことじゃないのか」

「極道じゃないって……。誰なんだよ」

ホウも唸《うな》り声をたてた。

「わからん」

久鬼はふん、と鼻を鳴らした。

「世間知らずのお前らにはわからないだろうが、ああいう技能集団に金を払って人殺しを頼みたいという連中がいるんだよ。しかも一木会が専属料を払っているせいで、疑いが及ばないというメリットもある」

「誰なんだ?!」

タケルは声を大きくした。

「やかましい。そこまで俺が知るわけがないだろうが」

久鬼の声が険しくなった。

「『マッカーサー・プロトコル』を欲しがってる奴だ」

ホウはタケルを見やっていった。

「でも妙じゃないか。グルカキラーは、一木会以外の極道には雇われないのだろう。極道以外で『マッカーサー・プロトコル』を欲しがる奴なんているのか」

「確かにそうだ。グルカキラーが契約違反をしたのかもしれない。一木会でも〃本社〃でもない、別の組に雇われて」

ホウは久鬼に目を移した。

「ないとはいいきれないが、可能性は低い。六十年以上も前から存在する組は、大半が一木会か〃本社〃に属している。その証文をいかせない組が手に入れても意味はないのじゃないか？」

ホウは頷《うなず》いた。久鬼はつづけた。

「しかも一木会と〃本社〃の両方を敵に回す、第三の組があるとも思えん」

「じゃ誰なんだ」

タケルはつぶやいた。

「結局、堂々巡りじゃないか、くそっ」

「まったくだ」

ホウは息を吐いた。

「おもしろい連中だ」

久鬼がいった。口もとに笑みを浮かべている。

「何がおもしろいんだよ」

「何が楽しくてお前らはあの娘とつるんでいるんだ？　目的があるのか」

「ワルを潰《つぶ》す」

タケルが答えた。

「はあ？」

「俺とこいつはカスミにリクルートされたんだ。ワルを潰す戦力として」

「自警団か？　正義の味方のつもりか」

久鬼はホウを見た。

「お前もなのか」

「カスミに会ったあんたならわかるだろう。カスミは天才だ」

ホウは答えた。

「確かにあの娘はふつうじゃない。父親を殺したいほど憎み、尊敬もしている。あの娘は父親のクローンなのだ。藤堂と同じように考え、行動する。そうなるように藤堂が育てた」

久鬼はいった。

「何だってそんな育てかたをしたんだ」

タケルが尖《とが》った声をだした。

「そんなこともわからんのか」

「誰も信用できないからだろう」

ホウは久鬼にいった。

「片腕だった郡上さんは引退し、金庫番の村雲は裏切った。藤堂は誰も信用できない」

「だから？　だから何なんだ」

タケルがホウをふりむいた。久鬼も無言でホウを見つめている。

「組織を存続させるには後継ぎが必要だ。後継ぎが決まっていれば、手下も安心して結束できる。だが後継ぎには、手下の誰もが認める能力が必要だ」

ホウはいった。久鬼はフンと鼻を鳴らした。

「自分のクローンなら、安心して組織を任せることができる。そのために藤堂は娘に、独自の英才教育をほどこしたのだ。娘の意志などおかまいなくな。そして娘には才能があった。藤堂の望むような天才に成長した。それだけなら、娘が父親を憎むことはなかった」

「母親か」

タケルはつぶやいた。久鬼が頷いた。

「カスミの母親はそんな藤堂の教育に反発し、何度も娘を連れて逃げだそうとした。だがそのたびに連れ戻され、絶望し、最後はクスリに手をだした。母親がクスリに溺《おぼ》れていくのを藤堂は止めなかった。娘の教育の邪魔さえしなければよかったのだろう。その結果、母親は死んだ。郡上が藤堂と袂《たもと》を分かったのは、それが理由だ」

「なんて奴だ」

「あの娘は、自分の父親がしたこともその理由も理解できる。だが決して赦《ゆる》すことはできない。だから藤堂のもとをとびだし、お前らとくっついたのだろう。とはいえ、戻る場所はひとつしかない、というわけだ」

「俺たちがいる」

久鬼はタケルを見た。

「お前らに何ができる？　一生、あの娘の面倒をみるのか。どうやって。犯罪でもおかさなけりゃろくな金も稼げないだろうが。それだったら藤堂の後を継ぐほうが、よほどいい暮らしができる。だいたい藤堂のクローンとして育てられた娘が、まっとうな暮らしなどできる筈がない」

「そんなことあるか。なあ」

タケルがホウに同意を求めた。ホウは唇をかんだ。

「わからない」

「わかんないって、お前――」

「カスミは犯罪者になることなんて望んでない。だけど確かにふつうの生き方もできない。あいつにできるのは、狩る側か狩られる側かどちらかの生き方だけだ」

「だったら狩る側だろう。今までそうやってきたんだし」

「そうしたら最後はどこにいく？」

「どこ？」

ホウはタケルを見た。

「狩りつづけたら最後は、誰を狩ることになると思う」

タケルは目をみひらいた。

「藤堂か」

「そうさ。そしてそれこそがクチナワの望みだった。狩っても狩られても、カスミは誰かの思い通りの人生しか歩けない」

「利用される人生しかないってことか」

タケルは呻《うめ》くようにいった。

「ああ。逃げだしたかっただろうな。だけど、どっちもカスミをほうっておいてはくれない。決着をつけられるのは、カスミしかいない」

タケルは目をぎゅっとつむった。

「くそ……」

「わかったようだな。お前らがあの娘を捜すことは、結局、苦しめる結果にしかつながらない」

久鬼がいった。

ホウは頷いた。

「あんたのいう通りだ。乱暴なことをして悪かった」

久鬼はホウとタケルを見やり、ふっと笑みを浮かべた。

「お前らのようなガキがまだいるんだな。もっと腑《ふ》抜けた、腐ったような奴しかいないと思っていたよ」

ホウは息を吐いた。

「俺とタケルはカスミの手足でしかない。カスミがいなかったら、俺なんて、ただのクズだ」

「そのタトゥは確かにクズに見える。だがクズには惜しい度胸だ」

いって、久鬼は息を大きく吸いこんだ。

「その度胸に免じて、グルカキラーの情報をやろう。グルカキラーには、代理人のような存在がいる。グルカキラーを動かしたい者は、その人間と連絡をとることになっている」

タケルがぱっと目を開いた。

「誰だ。そいつ、どこにいる」

「教えてやるが、簡単に会うことはできんぞ。もちろん、手引きもしない」

「かまわない。どんな野郎だ」

ホウはいった。

「男じゃない。女だ。コガラシという通称で、横浜に住んでいる」

タケル

横浜山手《やまて》の、海を見おろす丘の中腹にその家はあった。周囲を鉄柵《てっさく》で囲まれていて、表札はなく、かわりに「猛犬注意」と書かれたプレートがあちこちにさがっている。久鬼が教えた、グルカキラーの代理人をつとめる女の住居だった。

犬のことは久鬼から聞かされていた。ドーベルマンすら震えあがる巨大な土佐犬《とさ》が、放し飼いにされているというのだ。

土佐犬はもともと日本にいた犬種ではなく、闘犬を目的に、四国《しこく》犬とマスティフ、ブルドッグなどをかけあわせて作りだされた、巨大で獰猛《どうもう》な犬だ。イギリスやフランスでは個人の飼育が禁止されている。

「どうする？　入りこむのは難しくなさそうだが、中には土佐犬がいるみたいだ」

ホウがワゴン車の運転席でいった。翌日の昼だった。久鬼の話では、以前も一木会の「礼儀知らず」に、その土佐犬は瀕死《ひんし》の重傷を負わせたという。吠《ほ》えることは少なく、咬《か》みつくと決して放さない。コガラシが飼っているのは、闘犬大会で横綱になったこともある犬だといっていた。

「相手が犬じゃナイフをつきつけても通じないしな」

タケルがいうと、ホウは首をふった。

「ただ番犬としているだけなのに、殺したり傷つけたりするのは嫌だ。好きでそこにいる人間とはちがう」

「肉をもっていって、頭なでても駄目か」

「それで手なずけられたら、番犬にならない」

家は二階建てで、窓にはすべてカーテンがかかっている。中に人がいるのかどうかすら、うかがえない。

「麻酔銃でもどこかで手に入れるしかないか」

「とりあえず移動しよう。ここにずっといちゃ目立つ」

ホウがいってワゴンのエンジンをかけた。

軽ワゴンはふもとの本牧《ほんもく》方面へと下る坂を走りだした。あたりには洋館を思わせる瀟《しょう》洒《しゃ》な建物が並んでいる。

不意にホウがブレーキを踏み、ワゴンは急停車した。タケルは思わず手をついて体を支えた。

「どうした」

「今すれちがった車だ。カスミが乗ってた」

「何っ」

ホウはうしろをふりかえっている。高級住宅街を抜ける道は決して広くない。坂を登っていく黒のポルシェカイエンとたった今ワゴンはすれちがっていた。

「あの車か」

「そうだ。ちらっとうしろの席が見えた。カスミがいた」

「バックだ、バック！」

タケルは叫んだ。

「いや、このまま止める。歩いて追っかけよう」

「だって、どこいくか――」

いいかけ、タケルは気づいた。カスミがこのあたりを訪ねるとしたら、グルカキラーの代理人であるコガラシの家以外、ありえない。

「さっきの家だな」

ホウは頷《うなず》き、ワゴンを路肩に駐車した。二人はとびだすようにワゴンを降りた。

「急げっ」

タケルは坂を駆け登った。カイエンがコガラシの家を囲む鉄柵の前に止まっていた。その鉄柵の向こうに男の姿が見えた。作業衣を着て、太いロープでつないだ巨大な犬を従えている。

タケルは身を低くした。カイエンの運転手が窓をおろし、ロープを両手でつかんだ男と話していた。

やがて鉄柵の内側にいた男が、柵の内側の錠を外し、人ひとりが抜けられるすきまが開いた。

カイエンからスーツを着た男とニットのワンピースに革ジャケットを羽織った女が降りた。それを見てタケルは思わず息を呑《の》んだ。カスミだ。


が、声をあげそうになった口を、背後からホウが塞《ふさ》いだ。手前にたつ家の塀の陰にひきずりこまれる。

「カスミだ。まちがいないのに、なんで止める?!」

「よく見ろ。カスミはひとりじゃない。たぶんいっしょにいるのは藤堂の手下だ」

カスミとスーツの男が鉄柵をくぐり、再び開いていたすきまは閉じた。カイエンはその場にとどまり、運転手も乗ったままだ。

「じゃ、どうすんだよ」

「忍びこむなら今がチャンスだ。犬はきっとつながれている。カスミたちに咬みつかせるわけにはいかないからな。家の反対側に回ろう」

ホウはいって走りだした。タケルもそれにつづいた。心臓が口からとびでそうなほど、高鳴っている。同時に叫びたいくらい嬉《うれ》しかった。

やっぱりカスミは生きていた。

手前の家を回りこむようにして反対側の坂からコガラシの家の裏手にでた。建物の向こうに止まったカイエンは見えない。

問題は家を囲む鉄柵だ。高さが三メートルはある。

「俺がお前を肩車する。とびついて何とかよじ登れないか」

ホウがいった。タケルとホウとでは、タケルのほうが軽い。

「やってみよう」

タケルの両脚のあいだにホウが首をさし入れ、もちあげた。

「ぐっ、お前、意外に重いな」

「もっと前にでろ」

よろめきながらホウが体を鉄柵に押しつけ、タケルは柵をつかんだ。鉄柵の先端は、まるで槍《やり》のように尖《とが》っている。

タケルは着ていたジャケットを脱ぎ、片方の袖《そで》をもって投げた。ジャケットが先端部に巻きつき、生地がひっかかる。何度かひっぱって強度を確かめると、柵に足をかけた。布の裂ける嫌な音がしたが、ジャケットはタケルの体重を支えた。

柵の先端をまたぎこえ、タケルは内側にとび降りた。

「よしっ」

ホウが柵に顔を近づけた。

「いいか、カスミを見つけても状況をよく見て、声をかけるかどうか判断しろよ。さもないと、俺たちだけじゃなくカスミまで危なくなる」

「わかった。携帯の電池、入れとけ。連絡する」

タケルは小声でいって、柵を離れた。内側は芝生と樹木が植わった庭園になっている。大きな楓《かえで》の木の向こうに家の裏口らしき扉が見えた。

その扉にタケルは走りよった。あたりに人の気配はない。扉に耳をあてる。

物音は何もしない。ノブをつかみ回して、がっかりした。鍵《かぎ》がかかっている。

他の入口を探す以外ないようだ。

タケルが今いるのは、カイエンが止まっている、家の正面玄関と正反対の位置だった。建物づたいに、右か左に回りこめば、玄関にでる。だが玄関の近くには、作業衣の男がいる筈《はず》だ。見つかったらまちがいなく土佐犬をけしかけてくるだろう。

どちらから回りこむか。

左だ。タケルは決心した。作業衣の男に見つかったら、柵の出入口まで全力疾走する他ない。柵ごしに見えた土佐犬は、子牛くらいの大きさがあった。体重はタケルより重く、立ったら背も同じくらいだろう。どうやっても勝ち目はない。

しゃがんだまま、タケルは建物の壁づたいに進んだ。全身を耳にしている。もし土佐犬が放たれていたら、声もなく襲いかかってくるだろう。

三分の一ほど建物を回りこんだときだった。話し声が聞こえた。張りだした建物の壁の向こうから聞こえる。タケルは壁に体を押しつけ、息を殺した。

「紅茶のおかわりはいかが？」

女の声がした。カスミではない。

「けっこうです」

カスミの声だ。

「藤堂さんとはしばらくお会いしていないのよ。日本にいらっしゃるなら、ぜひお会いしたいと伝えて下さる？」

「たぶん、お断わりすると思います」

カスミがいった。いっしょに建物に入った男がいた筈だが、その声は聞こえない。

「あら、なぜ？」

「ビチャルが亡くなり、グルカキラーとの縁はこれで切れた、といっていましたから」

「そんなことはない。ビチャルの弟子たちがいる。皆、ビチャルを今も尊敬してる」

「本当に尊敬していたら、ビチャルのもとを離れることはなかったのではありませんか。今も父のもとに残って」

「それはどうかな。特殊な技能をもつ人間に、その技能を発揮する場を与えないのがビチャルだった。ビチャルのもとにいる限り、彼らは努力の結果身につけた技能をいかせないままだった。もったいないと思わない？」

「考え方のちがいだと思います。その技能を、人を守るために使うのか、人を傷つけるために使うのか」

「使い道は、わたしには関係ない。わたしの仕事は、彼らの技能に見合った報酬を得ること。わたしにはわたしの技能があって、それを彼らから求められている」

「簡単にいえば、エージェントということですね」

「そういうこと。彼らにとって不利益になるような行動はとらない」

「当然、今、彼らが誰のために働いているか、ご存じですね」

「もちろん」

「誰です？」

タケルは息を吸いこんだ。それこそ今一番知りたいことだ。

「教えられるわけがないでしょう、お嬢ちゃん」

嘲《あざけ》るように女がいい、タケルはかっと体が熱くなった。

「クライアントの正体を喋《しゃべ》ったら、エージェント失格だもの」

タケルはしゃがみ、そっと壁から顔をだした。

洒落《しゃれ》たウッドテラスが庭園に面してあり、そこにおかれた椅子で、カスミと女が向かいあっていた。女はこちらに背を向け、カスミは女を見ている。

痩《や》せた、と思った。もともと細かったが、さらにひと回り細くなった。撃たれたのが理由だろう。

「問題は、グルカキラーの今の活動は、一木会の利益をそこないかねない、ということです。一木会はグルカキラーに、毎年かなりの専属料を支払っている。それなのに、一木会に不利益となる活動をさせるのは、契約違反になるのではありませんか」

カスミがいった。

「何のことをいってるの？」

女は背が高く、長い髪を椅子の背に垂らしている。

「千葉の廃業したラブホテルで〝本社〟の人間が四人殺された。やったのはグルカキラーだとわかる方法で。ふつうに考えれば、一木会がやらせたと誰もが思う。結果、〝本社〟の報復は一木会に向かいます」

カスミは女を見すえていた。

「一木会がやらせたのじゃないの？」

女が訊《き》いた。カスミは小さく首をふった。その瞬間、タケルと目が合った。

が、何もなかったようにいった。

「〝本社〟は、一木会と〝本社〟にとって重要な書類をもった男を、そのホテルで保護していました。一木会がやらせたのなら、男と書類を入手している筈です。しかし実際は入手しておらず、あなたも知っている陸栄会の信田はそれを手に入れようとした」

「信田さんね。どうしてらっしゃるかしら」

「〝本社〟の倉田を撃ち殺し、警察につかまりました」

「まあ」

さして驚いたようすもなく、女はいって、膝《ひざ》の上にのせていたティカップをテーブルにおいた。

「それはたいへん」

「つまり、〝本社〟でも一木会でもない別の勢力が、グルカキラーを雇っている。結果、グルカキラーは、両方の暴力団を敵に回した」

カスミの言葉に女は無言だった。カスミの目が今度こそタケルの目をとらえた。じっと見ている。

タケルは人さし指を唇にあてた。必要ないことはわかっている。タケルを見つけたとこの場で口にするほどカスミは間抜けではない。

「だからといって、クライアントについてあなたに教える理由にはならない」

女がいった。カスミが答えた。

「クライアントの正体をわたしに明かせば、父から双方の暴力団に伝わるようにします。そうすれば、クライアントの正体を知ろうという連中からあなたが襲われる危険はなくなります」

「わたしを襲う？　そんな人間がいる筈ない」

女が笑い声をたてた。

「たった今、あなたの向こう側で聞き耳をたてている男がいるのに？」

カスミがいった。

嘘だろう。タケルの全身から血がひいた。

女はいちだんと大声で笑った。

「おもしろいことをいうわね。そんな威《おど》しにひっかかると思う？」

タケルは凍りついていた。女がゆっくりとふりかえり、タケルを見る。

まるで能面のような顔をした女だった。その理由はとてつもない厚化粧だ。べったりと白粉《おしろい》を塗りたくり、眉《まゆ》もアイシャドウも口紅も、まるで白いキャンバスに描いたようで素顔がまったくうかがえない。

女はガタッと音をたてて立ちあがった。

「何なの？　あなた！」

タケルは後退《あとずさ》りし、カスミを見つめた。どういうことだ。なぜカスミは裏切ったのだ。

カスミの手が革ジャケットの内側から不釣り合なほど大きな拳銃《けんじゅう》をつかみだし、タケルに銃口を向けた。

「そのまま動かないで」

立ちあがり、ゆっくりタケルに歩みよってくる。カスミの目は冷ややかで、射るようにタケルを見ていた。

「ゲンジョウ！」

女が叫ぶのが聞こえた。

「ゲンジョウ！　どこにいるの」

獣の荒い息づかいが背後から聞こえ、タケルはふりかえった。

土佐犬を連れた作業衣の男が建物を回りこみ、やってきた。土佐犬はタケルに向かい、猛然ととびかかろうとした。それを太いロープがくいとめ、男はひきずられた。

「侵入者よ」

女がタケルを指さした。作業衣の男はまっ黒に陽焼けし、筋肉質の体つきをしているが、タケルに向かう土佐犬の力のほうが強そうだ。

「食わせますか」

男がしゃがれ声で訊《たず》ねた。

「騒がないで」

カスミがいった。そして銃口でタケルを招いた。

「こっちにきて、両手を頭のうしろにあてててひざまずきなさい」

タケルはいう通りにするしかないと気づいた。下手に逆らったり、カスミを仲間だといったら、女は土佐犬をけしかけてくるだろう。

無言でカスミに歩みより、芝生の上に膝をついた。

「撃たないでくれ」

カスミの目を見ていった。もしこれが〝芝居〟なら、カスミは合わせてくる筈《はず》だ。

「何者なの？」

カスミはいった。タケルはほっとした。〝芝居〟だ。本当にカスミが裏切ったのなら、正体を訊ねたりはしない。

「頼まれて調べていただけだ。あんたたちに、その、危害を加える気なんてなかった」

「頼まれてって、誰に頼まれたのっ。ここのことを誰から聞いたっ」

女が金切り声をたてた。

「静かに」

カスミがいった。

「あなたは調査員なの？」

タケルの目を見た。タケルは頷《うなず》いた。

「つまり雇われてこの家のことを探っていたわけ？」

「そうだ」

「誰に雇われたの？」

「それは――」

タケルはいい淀《よど》んだ。クチナワの名を告げるわけにはいかない。

「いわないと、喉《のど》を嚙《か》みちぎられる」

カスミがいった。

「わかった、いう。一木会だ」

カスミが女に目を移した。

「あたしのいったことが正しいとわかっていただけました？」

「俺の調査が失敗したら、今度は一木会がこの家にくることになってる。力ずくであんたの口を割らせる」

タケルは女を見ていった。

「ふざけるなっ」

女が叫んだ。

「なぜそんな真似をするの?!」

「契約違反だからだ」

もうとことん芝居をするしかない、と思った。ミドリ町のときといっしょだ。あのときは前もって決めた役回りがあったが、今はない。アドリブで切り抜ける。

「グルカキラーは一木会専属の筈だった。なのに勝手に動き、〝本社〟の人間を殺した。そのせいで〝本社〟と一木会は戦争になりかけてる。グルカキラーを動かせるのはあんたしかいない。つまり責任はあんたがとるんだ」

女が一歩踏みだし、いきなりタケルの顔を殴りつけた。大きな石のついた指輪があり、頰の裏側が切れた。

「馬鹿なことを。グルカキラーは一木会の専属なんかじゃない。これまでだって一木会以外の仕事で動いたことはある。それを一木会が知らない筈ない。陸栄会の信田さんに訊《き》いてみろ!」

「信田さんはつかまった。〝本社〟の倉田を殺して。俺はその場にいた。あんた自身が証明しない限り、グルカキラーの仕事はすべて一木会の命令だと思われる」

女は怒りのこもった目でタケルを見すえた。

「お前みたいなチンピラに何がわかる?!」

「俺が答をもって帰らなけりゃ、ここは一木会に襲撃される」

「信田以外に、過去のグルカキラーの仕事について知っている人間はいますか?」

カスミが訊ねた。タケルをにらみつける女は、すぐには返事をしなかった。

「いないわけじゃない」

やがてタケルから目をそらし、カスミに告げた。

「誰です」

女の口もとに嫌な笑みが浮かんでいた。嘲《あざけ》るような、哀れむような笑いだ。

「あんたの父親さ。十年前、グルカキラーはあんたの父親を守るために仕事をしている。それは一木会とは関係のない殺しだった」

タケルは目をみひらいた。思わず立ちあがりそうになる。しなかったのは、カスミが銃身でタケルの肩をおさえたからだ。

「グルカキラーを雇ったのは父だというのですか」

「いや、ちがう。十年前グルカキラーを動かしたのは、あんたの父親にいなくなられては困る者たちだった。あんたの父親が流通させていた麻薬や宝石で、武器の取引をしていた連中だよ。当時あんたの父親は、警視庁のある刑事にしつこく追われていた。その刑事は、あんたの父親の組織の金を運用していた投資顧問事務所の人間に目をつけた。組織の金の流れを税法違反容疑で調べれば、他の犯罪の証拠もつかめると考えたんだ。そこで――」

「投資顧問事務所の担当者とその家族を皆殺しにさせた」

タケルはあとをひきとった。カスミが息を呑《の》んだ。タケルはつづけた。

「その話は聞いたことがある。信田さんが前にいっていた」

女はタケルを見やった。

「そんなことまで話したのかい。信田さんはよほどあんたを買っているんだね」

タケルは女を見つめ返した。

「そのあと、問題の刑事は車にしかけられた爆弾で両脚を吹きとばされた」

突然女の目が吊《つ》りあがった。

「信田さんはそこまで知らない。なんでお前はそんなことまで知ってるんだ?!」

しまった。タケルは唇をかんだ。調子にのりすぎた。

「ゲンジョウ!」

「ごめんなさい」

カスミがつぶやいた。すぐ頭の上で拳銃が火を噴き、タケルは思わずつっ伏した。

ギャン、と土佐犬が悲鳴をあげた。

「雷王《らいおう》!」

作業衣の男が叫んだ。土佐犬はうずくまり、動かない。

「何てことをっ」

「撃ちたくなかった。犬に罪はない。でもその犬をけしかけさせるわけにはいかないから」

「カスミさん!」

スーツの男が家の中からとびだしてきた。拳銃を手にしている。

「大丈夫。手をださないで」

カスミはいった。

「なんであたしの雷王を撃ったっ」

女が絶叫した。

タケルのヒップポケットの中で携帯が振動した。銃声を聞きつけたホウにちがいなかった。

「コガラシさん、答えて。グルカキラーを雇い、殺しをさせたのは何者なの？」

カスミが銃口を女に向けた。女は目を大きくみひらいた。

「あんた、藤堂の指示でここにきたのじゃないね。藤堂がそんなことを調べさせるわけがない」

「答えて」

女はカスミとタケルを見比べた。

「どういうことだい。いったいあんたたち何を狙ってるんだ」

「答さえわかれば、これ以上は誰も傷つけない。グルカキラーを雇っているのは誰？」

女はカスミをにらみつけ、肩で息をしている。

にらみあいがつづいた。カスミが銃口をすっと動かした。土佐犬のかたわらにしゃがみこんでいる作業衣の男に向ける。

「これ以上の血を流したくないけど、答が得られるまでわたしは容赦しない」

作業衣の男は目をみひらき、女とカスミを見比べた。

タケルがこれまで一度も見たことのない、冷酷な顔のカスミがいた。

「父親に訊けばいいだろうが、父親に！」

女がいった。

「わたしはあなたから聞きたいの、コガラシさん」

女は大きく息を吸いこんだ。そして吐きだすように告げた。

「アメリカ人だよ」

「アメリカ人？」

カスミは意外そうにつぶやいた。

「米軍かＣＩＡか」

タケルはいった。女がタケルを見た。

「お前、何者なんだ。まさか刑事じゃないだろうね」

「どっちなんだ⁈」

女はふんと鼻を鳴らした。

「どうせあんたらには手のだせない相手さ。ＣＩＡだ。藤堂が逮捕されては困るＣＩＡがグルカキラーを雇った。今雇っているのもそうさ」

「なぜ家族まで殺した」

タケルは訊《たず》ねた。

「異常者の犯行と思わせるためだよ。当時、その男に刑事が目をつけていたことは、警察でも一部の人間しか知らなかった。脚を吹きとばされた刑事が入院したんで、その情報は公開されなかった。されたところで、刑事に味方する奴はいなかったろうけど。やりかたが強引で、孤立していたからね」

女はタケルをじっと見た。

「お前はあの刑事の部下なのか」

「殺された投資顧問会社の人間の一家に、ひとりだけ生き残った男の子がいた」

タケルは告げた。立ちあがる。カスミはもう止めなかった。

「それがお前なのか」

タケルは頷《うなず》いた。

「笑えるじゃないか。家族を皆殺しにされた小僧と、そうなった原因を作った男の娘がここにいる。仲間なのかい？　お前たちは」

タケルは何と答えてよいかわからなかった。仲間なのだろうか、本当に。

「いきなさい」

カスミがタケルにいった。タケルはカスミを見つめた。

「あなたはもうここに用はない。答を知ったのだから」

タケルは深々と息を吸いこんだ。カスミといっしょにいたい。が、今はそのときではないということもわかった。小さく頷いた。

「覚悟しておくがいい」

タケルが踵《きびす》を返すと女がいった。

「これからは二人ともグルカキラーに狙われることになる。雷王の敵はきっと、とるからね」

アツシ

銃声が聞こえたとき、ホウは止めてあったワゴンに走った。タケルが発見されたのなら、ただちに逃げだせるようにしておいたほうがいい。

ワゴンのエンジンをかけ、タケルの携帯を呼びだした。返事はない。

コガラシの家のすぐそばにワゴンを止め、待った。

周辺の家は静かだった。銃声を銃声と気づいていないか、かかわりになるのを恐れ、閉じこもっているのか。

一一〇番通報する手もある。が、自分たちを警察が捜していたら、かえってヤブヘビになるかもしれない。

ワゴンの運転席でホウはじっとコガラシの家を見つめた。追われるタケルが飛びだしてくるか、それともホウもつかまえようという奴らが現れるか。

カスミがいるのだから、簡単にはタケルが撃たれることはない筈《はず》だ、と思う。この家に入っていったときの雰囲気では、カスミがつかまっているようすはなかった。むしろ手下を従えて行動している、という印象だ。

だからといって、その場に現れたタケルをすぐ仲間に加えるとは限らない。それができるなら、もっと以前にカスミは自分たちに連絡をしてきている。

コガラシの家の鉄柵《てっさく》が開いた。タケルがそこから現れた。怪我をしているようすはないし、追ってくる者もいない。

ホウはワゴンのアクセルを踏み、ハンドルを切った。タケルのかたわらで止める。

「大丈夫か」

タケルは頷き、助手席のドアを開いた。どこかぼんやりした表情だ。

「銃声がしたぞ」

タケルが乗りこむのを待って、ワゴンを発進させた。

「カスミが撃った」

「誰を⁈」

「犬だ。俺がミスって、あの女が犬をけしかけようとした」

「カスミが助けてくれたんだ」

「そうだけど……」

タケルはいって唇をかんだ。

「どうした」

「いや」

タケルは首をふった。前を見つめ黙りこむ。

しかたなくホウはワゴンを走らせた。丘を下り、横浜の繁華街に車を向ける。美しく整備された公園や洒落《しゃれ》た街並みが、港に沿ってある。高級ブランドショップや垢抜《あかぬ》けた店構えのレストランが舗道に並び、まるで別世界だ。

きっと一生、こんな街とは縁がない。自分に似合うのは、もっときたならしくてごみごみとし、ガラの悪い奴らがたむろしているようなところだ。この街に劣等感は抱かないが、いる奴らにはどこか腹立たしさを覚える。

だがその街の路上でホウはワゴンを止めた。周囲に軽自動車なんて一台もない。ぴかぴかに磨かれた高級車ばかりだ。

「何があった？」

シートに背中を預け、煙草に火をつけてホウは訊ねた。あとを追ってきた車はおらず、とりあえず安全を確信できた。

「家族を殺させた奴がわかった」

ぼそりとタケルがいった。ホウは無言でタケルを見た。

「CIAだってさ。CIAがグルカキラーを雇い、俺の家族を殺した。藤堂を警察から守るために」

「アバシリがいってた通り、か」

ホウはつぶやいた。

「今、あいつらを動かしているのもそうだ」

「CIAが？」

ホウはいい、なぜだと訊《き》きかけて気づいた。「マッカーサー・プロトコル」だ。アメリカ政府は「マッカーサー・プロトコル」を回収するつもりなのだ。

CIAにとっては、一木会も〝本社〟も恐れるに足らない。必要なら、皆殺しにさせても「マッカーサー・プロトコル」を回収するだろう。

クチナワがなぜ自分たちのチームを作ったのか、そのときホウはわかったような気がした。

CIAが相手では、日本の政府はもちろん、警察だって味方としてアテにならない。クチナワは、グルカキラーの背後にCIAがいるとわかっていたのだ。藤堂を再び追おうとすれば、CIAが必ず立ちはだかる。そこで非正規の捜査チームを結成し、捜査にあたらせた。

「カスミは？　そのことを知ってるのか」

「カスミが訊きだしたんだ。まるで別人みたいだった」

「別人て、どういうことだ」

「すごく強くなって、容赦しない。冷たい感じだ」

「お前と話したのだろ」

タケルは頷いた。

「話した。『あなたはもうここに用はない』っていわれた。あなたなんて、あいつに呼ばれたことなかった。まるで、知らない人間みたいに」

「しっかりしろ」

タケルはホウをにらんだ。

「大丈夫だ。しっかりしてる。カスミはかわっちまったかもしれないけど」

ホウはタケルを見返した。

「カスミは、もう戻ってこないってのか」

タケルは首をふった。

「わからない。けど、今は戻ってこない。それはまちがいない」

ホウの携帯が振動した。ホウはとりだし、目をみひらいた。クチナワからだ。

「ホウだ」

「どこにいる?」

前置き抜きでクチナワは訊《たず》ねた。

「横浜だ。タケルもいっしょだ。グルカキラーを動かしている奴がわかった。CIAだ」

ホウは一気に喋《しゃべ》った。

「やはりな」

驚いたようすもなく、クチナワは答えた。

「やはりってどういうことだ?! 知っていたのか、あんたは」

ホウはいった。

「知っていたわけではない。あるいは、と考えていただけだ。お前はどうしてそれをつきとめた？」

「グルカキラーのマネージャーみたいな女からカスミが訊きだしたんだ」

クチナワは一瞬黙った。

「彼女もそこにいるのか」

「いない」

「どうやら一度会ったほうがいいようだ」

「動けるのか、あんた」

「何とかな」

「渋谷で合流するか」

「いや、別の場所を探す。今後は携帯の電源を切っておけ。連絡をとるときは公衆電話からかけてこい」

「あんたの携帯は大丈夫なのか」

「これはお前たちとの連絡にしか使っていない。警官でこの番号を知っているのはトカゲだけだ」

告げて、クチナワは電話を切った。

クチナワ

「これで満足ですか」

携帯をおろしたクチナワはいった。ベッドのかたわらには小男とその部下がいた。

「なぜ渋谷で会おうといわなかった」

小男は右手をさしだし、訊ねた。クチナワはその手に電話をのせた。

「あそこなら一般市民を巻きこまず、連中を確保できるのに」

「奴らも馬鹿ではありません。それにずっと基地として使ってきた建物です。張り込みなどすればすぐに気づかれます」

クチナワは答えた。小男はじっとクチナワを見つめた。

「あの二人には協力者がいる、と私は考えている。でなければ、とっくに身柄をおさえられた筈《はず》だ」

「さあ。私にはわかりません」

「かつての君の部下ではないのか、バーをやっている」

「監視していたのではありませんか」

小男は黙った。

「あなたが私を処分しないのは、あの二人がまだ自由に動き回っているからだ。私の口を塞《ふさ》ぐのはいつでもできるが、あの二人はそうはいかない。警官ではない彼らの行動やその範囲を、あなたは想像できない」

「ただのチンピラだ」

いらだたしげに小男はいった。

「そのチンピラが、重大な情報を握っている。委員会のメンバーの中に〝本社〟との内通者がいた、という。『リベレイター』にからむ裁判で彼らがそれを証言すれば、あなたも私も、ひっそりとは職を辞められなくなる」

小男はクチナワをにらんだ。

「心中しようというのか、私と」

クチナワは首をふった。

「あなたが恐れているものを私が知っている、というだけです。今も、そして十年前も」

「何をいいだす」

「十年前は、警察という組織が、私の捜査を阻んだ。なぜなら私の部下も警官だったからだ。私の両脚を奪い、タケルの家族をみな殺しにした犯人の捜査はうやむやにされた」

「藤堂だ。実行犯は藤堂でないとしても犯人の目的は、藤堂を守ることだった」

「確かに」

クチナワは頷《うなず》いた。

「だが、そうなるように仕向けた者がいる」

小男は沈黙した。

「タケルの父親に捜査協力をとりつけたことは、私のチームですら、ごくわずかな人間しか知らなかった。それが藤堂とその周辺に伝わったのがなぜなのか、私はずっと考えてきました」

「ずいぶん長い時間考えたものだな。答はでたのか」

クチナワは首をふった。

「でませんでした。そこで十年前と同じ方法をとることにした。藤堂を直接、捜査対象にする。今回の材料は『マッカーサー・プロトコル』です」

小男は息を吐いた。

「藤堂があんな古い証文に興味をもつかね」

「藤堂はもたない。ですが周辺にはもつ者がいるかもしれない」

小男はあきれたような顔をした。

「いたのか」

「いました」

「誰だ」

クチナワは微笑んだ。

「それをここでいうわけにはいきません」

小男が威圧感をみなぎらせた。体が何倍にもふくれあがったように見える。

「私に、いえないというのか。いっておくが君には何の権限もない。この病院を退院するとき、君はもう警官ではない。誰の援助もうけられない。マスコミに泣きつけば、国家公務員法違反でただちに逮捕する」

「そうでしょうね。元内閣危機管理官を信用できないとなったら、警察に信用できる人間など、誰もいなくなる」

「そういう問題ではない。君は今、拘束されているのと同じだ。行動の自由はもちろん、誰かと連絡をとるのも許されていない。孤立無縁で、生きてここからでられるのかどうかすら、わからないのだぞ」

「脅迫ですか」

小男は小さく首をふった。

「自分がおかれた状況を考えろ、といっているのだ。選択肢は限られている。私とこの国の法にしたがうか、犯罪者としてすべてを失うか」

「あなたにしたがわなければ犯罪者か。そのあなたはいったい誰にしたがっている？　法とは思えないが」

小男はクチナワをにらみつけた。二人は見つめあった。やがて小男はすっと視線を外し、控えている部下を見た。

「強情な男だ。脚だけでは失くすものが足りんようだな」

部下は無言で進みでた。スーツの上衣から革のケースをとりだした。ファスナーを開く。細い注射器とアンプルが現れた。

アンプルに針をさし、液を吸い上げる。

「私がやろう」

小男は手をさしだした。注射器をうけとる。

「どのみち君に答を求めてはいなかった。君のいう周辺が何であるか、私にはわかっている」

「もちろんです。あなたが彼らに教えたからだ」

クチナワは小男の目を見ていった。そしてつづけた。

「CIAに情報を洩《も》らすのも、立派な国家公務員法違反だ」

小男はぎゅっと唇をひき結んだ。

「立証する機会も方法も、君にはない」

クチナワにかがみこんだ。注射器の針をクチナワの首につきたてようとし、その手首をクチナワがつかんだ。

「こいつをおさえろ」

小男がいった。そのとき、部屋の扉が轟音《ごうおん》とともに破られた。

小男と部下が凍りついた。松葉杖《まつばづえ》にもたれたトカゲが立っていた。

「何の真似だ?!」

小男が叫んだ。トカゲの手には拳銃《けんじゅう》があった。

「誰に銃を向けているのか、わかっているのかっ」

注射器をとりあげたクチナワが答えた。

「殺人未遂の現行犯に対して、です」

トカゲ

「またこの車に乗れるとはな」

クチナワがいった。ワゴンの後部席にいた。

「同じ車ではありません。装備が異なります。窓は防弾ではないし、車椅子用のエレベーターもついていない」

運転席のトカゲは答えた。ワゴンは走っておらず、横田《よこた》基地内の大きなガレージの中にあった。フロントグラスの向こうに、スーツの男、AとBがいる。

二人はトカゲが開いたスライドドアからワゴンに乗りこんできた。

「約束は守った。今度はそちらが協力する番だ」

Aがいった。

「かまわないが、さっき拘束された男は、君たちの上司とも強力なパイプをもっている。大丈夫なのか」

クチナワが訊《たず》ねた。AとBは顔を見合わせた。

「上司というのはヘフナーのことか」

Bがいった。

「名前は知らないが、十年前にグルカキラーを動かした人物だ」

「ヘフナーだ。彼は去年、解雇された。日本の犯罪組織と不適切な関係をもち、個人的な資産を作っていたことが発覚した」

Bがいうと、Aがつけ加えた。

「ちなみに今も日本にいて、大手をふって〝ヤクザ〟とつきあっている。〝本社〟や一木会の両方に対し、顧問のような態度をとっている。実際、アメリカにおける弁護士の資格ももっているが」

「ヘフナーが『マッカーサー・プロトコル』を入手するのを我々は防ぎたい。もし入手すれば、〝ヤクザ〟の顧問弁護士として、アメリカ政府に対する訴訟を起こすことは目に見えている」

クチナワは息を吸い込んだ。

「なるほど、そういうことか」

「かつての上司であり同僚かもしれないが、アメリカ政府を威《おど》す〝ヤクザ〟の手伝いをさせるわけにはいかない」

「私の両脚を奪ったのもヘフナーか」

AとBは無言だ。

「まあいいだろう」

クチナワがいった。

「『マッカーサー・プロトコル』を回収するんだ。それがあんたの仕事だ」

「グルカキラーを敵に回して、か」

「連中がどうなろうと、我々は関知しない」

Bが答えた。そしてAと目を見交し、ワゴンを降りていった。

トカゲはワゴンのエンジンをかけた。格納庫のようなガレージのシャッターがあがる。

「二人だけではグルカキラーの相手は無理です」

ワゴンを発進させ、トカゲはいった。

「ホウとタケルがいる」

クチナワは答えた。

「それでも足りない。あいつらはプロの殺人集団だ」

「他に誰の助けを借りられるというんだ」

「考えがあります」

　トカゲは答えた。

タケル

　バー「グリーン」にはアバシリがいた。マスターと向かいあわせですわり、上機嫌でビールを飲んでいる。タケルとホウが入っていくと、ビールのボトルを掲げ、

「よう、小僧ども」

と笑いかけた。タケルとホウは無言でアバシリを見つめた。

「何かいいことがあったみたいだな」

　タケルはいった。「グリーン」にこいといったのはクチナワだった。監視を警戒する必要はなくなった、ともつけ加えた。

「あった、といってもいいだろう」

　マスターがいった。マスターも珍しく笑みを浮かべている。

「何があった」

ホウがカウンターにかけ、煙草をくわえた。

「止まっていた時計が動きだした」

マスターが答えた。

「お前たちのおかげでな」

「俺たちの？」

タケルはマスターがカウンターにおいたペットボトルに手をのばし、訊《き》き返した。

「十年間、俺たちは待っていたんだ。俺たちを警察から追いだした奴らにやり返すチャンスを」

アバシリとマスターが手を打ち合わせ、パシッという音が響いた。

「簡単ではない。命がけになるぞ」

声がした。ジーッという車椅子のモーター音がそれにつづいた。クチナワが扉のところにいた。トカゲもいる。

その姿が妙になつかしかった。もう会えないかもしれない、と思っていた。だがカスミにも会え、こうして「グリーン」にも戻ってこられた。

鼻の奥がツンとして、タケルはあわててペットボトルの水を飲んだ。

アバシリがさっと立った。背筋をのばし、

「警視正」

とつぶやいた。マスターも直立不動の姿勢をとっている。

「クチナワでいい。今の我々に階級は関係ない」

カウンターの中央まで進むとクチナワはいった。

「怪我は大丈夫なのか」

ホウがトカゲに訊ねた。松葉杖をついている。トカゲは小さく頷《うなず》いた。

「走るのができないというだけだ」

「メンツが揃ったな」

アバシリが腰をおろし、いった。

「いや、まだひとり足りない」

タケルは首をふった。全員が沈黙した。

「カスミとはいずれ会えるだろう。あとは本人しだいだ」

クチナワがいった。

「ここに俺たちを集めた理由は？」

ホウがクチナワを見つめた。

「タケルの家族をみな殺しにし、私の脚を奪った人間を逮捕する」

「ＣＩＡか」

「元、ＣＩＡだ」

トカゲがいった。

「元？」

「その男、ヘフナーは、かつてCIAの極東担当官で、藤堂の組織とも取引をしていた。私がタケルの父親を通じて藤堂の金の流れをおさえようとしているのを知り、グルカキラーを雇った」

「待てよ、どうやって知ったんだ」

タケルがいった。

「警察の中に裏切り者がいたってことだろ」

「その通りだ」

クチナワは認めた。

「CIAとべったりの人物がいた。CIAから情報を得る見返りに、警察の情報も流していたのだ。ちなみにその人物は、委員会の責任者でもあった」

「委員会って、あんたや俺たちのうしろだてだったのじゃないのか」

クチナワは頷いた。

「そうだ。中西《なかにし》元警視監。その後内閣危機管理官となり、二年前に退官した。私は、十年前の事件のときから、中西さんを疑っていた」

「十年前から？　だったらなぜ――」

「カスミのアイデアだ。CIAに情報を流した人物とまた組む。ただし今度は、警官の部隊ではなく、非正規の捜査員を使う。同じことが起これば、情報を流した人物も同一だという結論に達する」

「カスミが……」

「私はそれをうけいれた。十年前、私をハメた人間をつきとめるのが、最終目的だったからだ。中西さんのバックアップのもと、チームは発足し、成果をあげた。だがヘフナーが一年前、CIAを解雇され、中西さんはバックアップを失った。そのことが焦りを呼び、きのう、ついに破滅した」

「破滅したってどういうことだよ」

タケルは訊いた。トカゲが答えた。

「病院で、自ら警視正を殺そうとしたのだ。その模様はカメラでとらえられていた。現行犯で逮捕され、今朝早く、中西さんは拘置所で自殺した」

「じゃ、闇の中じゃないか」

「ヘフナーとグルカキラーがいる。ヘフナーは『マッカーサー・プロトコル』を入手すれば日本の暴力団に大きな影響力をもてるようになると信じている。実際、弁護士の資格を持つヘフナーを味方につければ、〝本社〟も一木会も、アメリカ政府に強気にでられるというわけだ。それを防ぎたいCIAが、ヘフナーの追及を条件に、私やお前たちを自由の身にした」

「結局、CIAかよ。十年前と同じじゃないか」

タケルは吐きだした。

「戦いとはそういうものだ。それが嫌なら、ひとりで正義の味方を気どっていた昔に戻るか？　いくら、街のダニを潰《つぶ》しても、お前の家族を殺した奴らのところにはたどりつけない。必要なら、どんな相手とも組み、利用できるものは利用する。そして成果を得る。十年前の私は、お前と同じだった。自分だけを信じ、理想を追っていた。結果、裏切られ、こうなった。同じ過ちをくり返す気はない」

クチナワは静かにいった。

タケルは唇をかんだ。その通りだ。

「わかったよ」

クチナワはじっとタケルの目を見ている。

「あんたも俺も、潰したい奴はいっしょだ」

タケルがいうと、クチナワは頷いた。そして全員を見回した。

「自殺という報道ではないが、中西さんが死んだことはニュースで流れている。ヘフナーもそれを知り、古巣が自分を切り捨て、猟犬に追わせるつもりだと気づいた筈《はず》だ。猟犬とは、つまり我々だ。今後ヘフナーは、猟犬を排除する方向に動くだろう」

マスターとアバシリの機嫌がよかったのは、中西が死んだというニュースを知ったからにちがいない。

「グルカキラーは我々を標的にする」

トカゲがいった。

「コガラシもそういってた。俺とカスミを許さないって」

タケルはいった。

「藤堂はどうする？　ヘフナーとグルカキラーの側につくのか。それともカスミを守るのか」

ホウがつぶやいた。

「わからん。だがヘフナーにつくと決めたら、カスミをさしだすだろうな」

クチナワがいった。

「冗談じゃねえぞ。カスミを守る」

「そうしたければ、方法はひとつだ。お前たちが先にグルカキラーの標的になるしかない」

「やってやるよ」

ホウが答えた。

「もちろんだ」

タケルもいった。

「グルカキラーを動かしているヘフナーにとって、『マッカーサー・プロトコル』の入手は最優先となる。それがない限り、〝本社〟や一木会を味方にはつけられない」

クチナワが二人を見た。

「もう入手したのじゃないのか。千葉のホテルから村雲を連れだしてから日がたっている」

ホウが眉根《まゆね》を寄せた。

「村雲は用心深い男だ。『マッカーサー・プロトコル』を渡せば自分が用無しになるとわかっている以上、安全を確保するまでは決して渡さないだろう」

「もち歩いているのではなく、どこかに隠してあるということですね」

アバシリがいった。クチナワは頷いた。

「これは私の推測だが、藤堂には、その隠し場所の見当がついているのではないかと思う。もちろん見当がついているとしても、村雲でなければ回収できないし、回収したとしても藤堂にとっては意味のないものだ。『マッカーサー・プロトコル』を藤堂が追うとすれば、それは村雲が目的でしかない」

「裏切り者の処刑か」

マスターがつぶやいた。

「私は藤堂を知っている。村雲を奴が見逃すことは決してない」

タケルは息を吸いこんだ。カスミにもその藤堂の血が流れているのだ。カスミは、藤堂にかわって村雲を〝処刑〟するつもりなのだろうか。

「カスミがそれをやるのか」

同じことを思ったのか、ホウがいった。

「いや、村雲を見つけだすことは命じられているようだが、殺すのは別の人間がするようだ」

「なんでそんなことを知ってる」

「カスミ本人から聞いた」

「いつ、どこで?!」

タケルは立ちあがった。

「私のいる病院に現れた。お前たちに手を引かせろ、とカスミはいった。お前たちの身を心配していた。カスミが藤堂の命令にしたがっているのは、お前たち二人の保護とひきかえだ。それがあったから、大井で〝本社〟の人間が狙撃《そげき》されたのだ」

タケルはホウと顔を見合わせた。

「なんで帰ってこないんだ。そこまで俺たちのことを思ってくれているなら」

ホウがつぶやいた。

「私も同じことをいった。元のチームに戻れ、と。が、それをしたらお前らが危なくなる、とカスミはいった。藤堂は、お前らに娘を奪われると、本気で思っているようだ」

喜びに似た気持がこみあげた。やはりカスミはカスミだった。チームとしての心はひとつなのだ、とタケルは思った。

「ミラージュの久鬼がいってた。カスミは父親のクローンだって。父親と同じように考え、行動する。そうなるように藤堂が育てたのは、自分の組織を継がせるためだ」

ホウがいった。

「その通りだ。だからこそ私は、カスミと組んだ。カスミがこちら側にいれば、必ず藤堂を追いつめられる」

「きたないやり方だ」

ホウがクチナワをにらんだ。

「私の脚を奪ったのは、きれいなやり方なのか。タケルの家族を皆殺しにしたのはどうなのだ」

クチナワは冷たい声でいった。

「タケルの家族を殺させたのはCIAだろ。藤堂じゃない」

「同じことだ。藤堂とそのネットワークを守るために、多くの血が流された」

マスターがいった。

「カスミはすべてをわかっていて、私と組んだ。もちろん、最後までそうするかは、わからない」

クチナワがいい、タケルは唇をかんだ。

「おい、小僧ども」

アバシリが口を開いた。

「ここで辛気くせえツラをしてる暇はないぞ。お前らはグルカキラーの囮《おとり》になるんだ。そうすることで仲間を守るのだろう」

タケルは顔を上げた。

「どうすればいい？」

「まず、村雲がどこに『マッカーサー・プロトコル』を隠したか、だ。〝本社〟や一木会、そして藤堂ですら、ありかがわかっても奪えない場所だ」

「銀行の貸金庫」

　マスターがいった。

「確かに銀行強盗でもしない限り、強奪は難しい。だが問題がひとつある。銀行は、警察や税務署のような公権力には弱い。もし銀行の貸金庫に預けてあると、警察やＣＩＡに知られたら、押さえられてしまう可能性がある」

「どこかに穴を掘って埋めたとか」

　タケルはいった。

「天災や工事で、いつ失われるかわからない。そんな危険はおかせない」

「海外の誰かに預けるというのは？」

「それはひとつの可能性だ。少なくとも〝本社〟や一木会からは安全だ。だが村雲本人が預けたとすれば、アフリカかスペインのどちらかだが、そのときは一木会か〝本社〟の人間に監視されている。難しいだろうな」

「やはり日本のどこか、ですね」

　マスターが頷《うなず》いた。

「村雲は、『マッカーサー・プロトコル』が自分の命綱だと信じている。だから藤堂を裏切っても生きのびられると考えた。隠し場所は、誰もが近づけるところではない。倉庫や誰かに預けている状態なら、村雲が死んだあとも回収は可能だ。自分が死んだら絶対に回収されない場所を、村雲は選んだ筈《はず》です」

「その点では銀行の貸金庫もないな。たとえ死んでも法定相続人さえいれば回収できる」

「銀行ではない場所の貸金庫だったら？」

ホウが訊《き》いた。

「倉庫じゃなくて、か？」

マスターがホウを見つめた。

「そこはある意味銀行だが、正規の銀行じゃない。金や財宝を預ける奴がいて、それを奪われることがないよう、武装した連中が守っている。本人以外は、預けた金や財産を引きだすことはできない」

「地下銀行か」

アバシリが指を鳴らした。

「地下銀行？」

タケルは訊いた。クチナワが答えた。

「本来は、日本で働く外国人が、高い手数料を払うことなく、母国に送金するためのシステムだ。ホウが北京にいる親戚《しんせき》に百万円を送るとする。新宿にいる中国人Aに百万円を渡すと、北京に住む中国人Bがホウの親戚に百万円相当の中国元を渡す。電話やメールで金のやりとりが確認されれば、取引は完了だ。銀行を使った正規の手数料よりはるかに安く、金の流れを日中両国の税務署に追われる心配もない。地下銀行は、中国人のものだけでなく、出稼ぎにきた外国人の多くが母国との金のやりとりに使っている。中には一日に億単位の送金を請け負っている地下銀行もある。そのレベルになると、実際に扱う現金の額も多いため、警戒は厳重だ。そうした地下銀行は、保管料とひきかえに品物を預かるサービスもおこなっている。ただし、麻薬や武器など、所持しているだけで捜査の対象とされるようなブツはひきうけない」

「中国人の、そういう地下銀行はひとつ知ってる。池袋《いけぶくろ》にある」

ホウがいった。

「ロシア系の地下銀行もひとつ、六本木にあります」

トカゲがつけ加えた。

「藤堂の組織の財務管理をしていた村雲なら、そのどちらとも取引があって不思議はない。大きな規模の地下銀行となれば、複数の犯罪組織が関係しているので、どこかひとつの組織のいうなりにはならない」

クチナワが頷いた。

「それだな。村雲は、自分以外の人間には決して『マッカーサー・プロトコル』が渡らないように、地下銀行に預けたにちがいありません」

マスターがいった。

「確かに地下銀行が相手となると、一木会も〝本社〟も、藤堂ですら、村雲が預けたものを引きだせない。それがルールだからだ」

アバシリは大きく頷いて、ホウを見つめた。

「お前、意外にものを知ってるな」

「昔、池袋の地下銀行に強盗に入らないかともちかけられたことがある。断わった。そいつらは四人で押し入って、警備員をひとり殺したところで、ハチの巣にされたそうだ。死体は見つからないよう処分された」

「たとえ強盗に成功しても結果はいっしょだったろう。日本でも中国でも、生きていけなくなる。地下銀行を襲うのは、マトモな銀行を襲う以上の危険が伴う」

クチナワがいった。そしてトカゲを見た。

「今、話にでてきたふたつ以外に、東京近郊の地下銀行があるかどうかを調べるんだ」

そしてタケルとホウに目を向けた。

「地下銀行が判明したら、お前らの任務がスタートする」

カスミ

そこは東京湾岸の荒涼とした埋立地に造られた建物だった。その建物につづき、あたり一帯にはショッピングモールやマンションが次々と建設される予定だった。が、地盤に大きな問題があることが発覚し、建設計画は大幅に延期された。

埋立に使われた廃棄物の悪臭と潮の匂いの混じった強い風が一年中吹きすさび、一キロ以内に近づく車があれば、どの方角だろうと、最上階の部屋からは発見できる。

昼間は白茶けた地面と鉛色の海、その手前の陸地にへばりつくようにしてある港湾施設くらいしか目につくものはないが、夜になると景色は一変する。

建物の周囲に何もないぶん、海を隔てた対岸に密集するビル群の光が闇の中に浮かびあがり、まるで夜間飛行の機内にいるような錯覚におちいる。

その部屋の中央にぽつんと大きなソファがある。カスミはそこにひとりでいた。

部屋に案内されたのは、まだ明るい夕方だった。四面すべてがガラス張りの壁から、沈んでいく太陽を見た。その少し左手にはシルエットになった富士山《ふじさん》があった。

日が沈むと、闇が一気に部屋を包んだ。照明は足もとにあるだけで、天井に光を発するものはない。

部屋の端には小さな階段があって、ひとつ下の階とつながっている。エレベータで昇れるのは、その階までだ。しかもキィがなければ、エレベータすら動かすことができない。

階下の部屋には、小さなキッチンとバスルームがついていて、暮らそうと思えば暮らすことができる。その部屋はすべての窓が潰《つぶ》されていて、外に光が洩《も》れない仕組になっていた。

エレベータの駆動音が聞こえ、カスミは目を開いた。いつのまにか眠っていた。体力が完全に戻っていないのを実感した。

新宿のホテルのロビーで背中にうけた流れ弾は肺を傷つけ、肋骨《ろっこつ》で止まった。もう数センチ、体の中心よりだったら助からなかったとも聞かされた。

父親がもつ病院が、神奈川《かながわ》県丹沢《たんざわ》の山中にあった。元は療養施設だったのを父親が買いとり、組織のための病院にしたのだ。常駐の看護師がいて、口の堅い医師が必要に応じて運ばれてくる。その移動にはときとしてヘリコプターが使われる。駐車場の一部がヘリポートになっていた。

その病院にずっと入っていた。外出を許されたのは、ほんの一週間前だ。

下の階の照明も点《とも》していないので、エレベータの扉が開くと同時に、階下が明るくなるのがわかった。

握りしめていたミネラルウォーターのペットボトルを床におき、カスミは体を起こした。

階段を上る足音が聞こえた。

小柄だが均整のとれた体格を、カーディガンとジーンズで包んだ父親が姿を現わした。

父親を知らない人間は、その背の低さもあって、一見して軽視しがちだ。話しぶりも穏やかで声を荒らげることなど、まずない。

だが恐しく強靭《きょうじん》な体と異様に鋭い頭をもっている。素手でも銃でも、人を殺すところを見たことがあり、どちらも簡単にやってのけた。

それをわざと見せたのだとわかったのは、何年かしてからだ。

「寝ていたのか」

階段を上りきった父親がカスミを見おろし、いった。

「二時間以上も待たされたから」

カスミは答えた。

「考える時間を与えたかった」

父親はいって、窓を向いた。

「何を？」

「いいわけ、かな」

「いいわけ？」

「コガラシを威《おど》した。そうしてまで得る必要のない、質問の答を求めて」

「グルカキラーが誰に雇われて動いているかを知るのが不必要なの？」

「私に訊けばすんだ」

「コガラシも同じことをいった。でもコガラシ自身の口から聞きたかった」

「それだけではないだろう。お前は聞かせたかった。コガラシの答を、その場にいた仲間に」

カスミは黙った。

「まだチームのつもりでいるのか」

「思ってない」

「それならいい。警官ごっこをお前はもう、充分楽しんだし、伴う代償も払った。痛い思いをしたろう」

「あたしがチームに戻りたいといったら、あなたはあの二人を生かしておかない」

「彼らに恨みはない。だがあんな真似をいつまでも続けられないことは、初めからわかっていた筈《はず》だ。お前と、あの刑事には」

「クチナワの目的はあなた。脚を奪ったのはあなただと、彼は思っている」

「お前はその復讐《ふくしゅう》に協力したかったのか」

「あたしは、あたしの目と耳で真実を確かめようと思った。あなたがしたこと、しなかったこと。あなたのそばにいたら、決してわからない」

「なるほど」

父親は沈黙した。

「タケルの家族を皆殺しにさせたのがあなたなのか。郡上さんはなぜ、あなたのもとを離れたのか」

「子と親のちがいがわかるか？」

窓のほうを向いたまま不意に父親が訊《たず》ねた。カスミが答えないでいるとつづけた。

「子は、親が嘘をついたと思うと、必ず追及する。が、親は、子が嘘をついているとわかっても、あえてそれを追及しない。嘘はときに、子の成長にとって避けがたいものであるからだ。私がお前を自由にさせていたのは、その感情に近い」

「つまり子は親の嘘を許せないけど、親は子の嘘を許せる、そういいたいの？」

父親はカスミをふりかえった。

「私がずっと知りたいと思っている、お前の気持がある」

カスミは首をふった。

「答えない」

「何なのか、わかっているのか」

「わかってる。それがあなたに対してもっている、あたしの唯一のカードだから」

父親が低い声で笑った。

「幼いな。では厳しいことをいおう。お前は、私との関係に悩み、進路に迷い、そこをあの刑事につけこまれた。だがそれすら、お前は答を得るために利用しようと考えた。そして初めて、心を通わせられると感じる仲間を得た。タケルとホウ。確かに純粋な若者たちだ。お前はだが最初に彼らを利用したということを忘れてはいないか。彼らを巻きこみ、感情を刺激し、味方につけた。計算ずくでしたことだ。タケルの家族の死は、私に責任がないとはいわない。が、そのことと、お前が彼ら二人の心をもてあそんでいる、今現在も、もてあそんでいることとは、何の関係もない」

カスミは黙った。わかっている。わかっているが、どうしようもない。

「あなたには関係がない」

「お前はまだ迷っている。彼らを選び、次に私を選び、今またこういう状況下で、どちらを選ぶかを迷っている」

「それは二人をあなたが傷つけるのが恐いから」

「お前が何もかもを求めているからだ。彼らを傷つけないでほしい、自分を自由にさせておいてほしい」

「駄目なの?! 彼らをそっとして、あたしをほうっておいて。それじゃ駄目なの?!」

「その結果は何だ? 三人とあの刑事で、私を追いつめることだ。そのときお前は頼むのか? 自分の父親を見逃してくれ、つかまえないでくれ、と。そして彼らがノーと答えたら、どうする?」

カスミは両手で顔をおおった。泣いてはいない。母親が死んだとき、この父の前で二度と泣かないと誓った。

「そのとき、お前は何もかも失う。仲間も、私も、だ」

両手をおろし、息を吐いた。その通りだ。

「問題なのは、あたしがあなたを尊敬しているということ。人を率いる力があり、大きな権力にも屈せず、卑怯《ひきょう》な真似もしない。でも冷酷な犯罪者。何より冷酷なのは、お母さんを見殺しにした」

「そうせざるをえなかった。お前の憎しみの根源はそこにある」

「今までは、ね」

「今までは？」

「もしあの二人に何かあったら、もっと激しい憎しみをもつ。あなたを決して許さない」

「許さない？　どうする？　私のもとを離れるか。二度と帰らない？」

「それだけじゃすまさない。確かにあたしは二人を利用したけれど、それは入口。今はちがう」

「じゃあお前はあの二人とどうするのだ？　二人といっしょになることはできない。いずれどちらかを選ぶ羽目になる。さもなければ永久に二人を苦しめる。お前が消えさるのが一番だとは思わないのか」

カスミは無言だった。タケルとホウ、どちらかを選ぶ。

二人の、自分に対する気持は、もうずっと前からわかっていた。気づかぬフリをし、あえてその気持を遠ざけるような行為もした。

ケンとのセックス。タケルを怒らせ、ホウを失望させた。

今、あのときのことを思い返すと、後悔しかない。それは二人を傷つけたからだけではなかった。

自分の気持をいつわる行為だと、入院している間に悟ったからだった。

ケンと寝たのは、二人の気持を自分から遠ざけるためではなく、自分の気持を遠ざけるためだったと気づいたのだ。

「警官ごっこと恋愛ごっこ、あなたはそういいたいのだろうけれど、あたしたちのこれだって親子ごっこじゃない」

カスミはいった。父親の表情はかわらなかったが、一瞬、目に痛みが浮かぶのを見たと思った。

「なぜそんなことをいう必要がある。私を傷つけたいのか」

「干渉されたくないだけ」

非を認め、カスミは下を向いた。

「少なくともあの二人とのことについては」

父親は黙った。数えきれないほどの光が浮かぶ窓に歩みよった。

「いいだろう」

背中を向けたままいった。

「だが、今ださなければならない答もある」

「二人を選ぶか、あなたを選ぶか？」

カスミは背中を見つめた。小柄なのに恐しく大きく感じる。

「村雲を見つけるまでに答をだすのでは駄目？」

父親は答えない。

「あたしにとっては大きな問題なの。あの二人にとっても」

父親の背中は微動だにしなかった。カスミは答を待った。

やがて父親が背を向けたまま答えた。

「村雲をお前が見つけたとき、そこにあの二人がいたら、お前は二人を選ばざるをえない。そうなったら何が起こるかわかるか」

「村雲も、あの二人も、あなたは殺す」

低い声でカスミはいった。

「そうだ。その責任はお前にある。なぜか。お前が二人を選べば、破滅が私を襲うからだ」

カスミは唇をかんだ。

「あの二人に私を見逃せといえるか。二人の向こう側にいる、脚のない刑事が、私を忘れると思うか」

父親がふりかえった。

「それでもいいのだな。状況によっては、お前もいっしょに死ぬことになる。私はお前を殺したくはない。だがお前の選択と行動が、それを呼ぶ」

「二人より先に村雲を見つければいい」

カスミは勇気をふりしぼっていった。

「できるのか」

「二人は『マッカーサー・プロトコル』を材料に村雲を追っている。それしか手がかりがないから」

「『マッカーサー・プロトコル』か。下らん代物だ。あんなものに力があると信じているから、やくざはしょせんやくざなのだ」

父親は吐き捨てるようにいった。

「あたしには二人にない強みがある」

「何だ」

「グルカキラーとそれを動かせる人間。あなたは知っている筈《はず》。その人物から村雲の居場所をつきとめられる」

「誰のことをいっている？」

カスミは息を吸いこんだ。

「タケルの家族を皆殺しにさせ、クチナワから脚を奪った奴。あなたじゃない。あなたを守るために誰かがやった」

「私かもしれない」

カスミは首をふった。

「ずっとそれを考え、その可能性に怯《おび》えてきた。でもちがう。あなたのやりかたじゃない。あたしの知っているあなたは、そんな卑怯な手は使わない」

父親の表情がゆるんだ。

「初めて私をほめたな」

カスミは答えなかった。父親は深々と息を吸いこんだ。

「その人物は今、村雲と組んでいる。だからこそグルカキラーが動いた」

カスミはいった。

「お前の言葉が正しいとしよう。となるとその人物は、私にとっては味方だ。少なくとも過去においては」

「でも今は敵。なぜならあなたを裏切った村雲と組んでいる」

「そうせざるを得ない理由がある。属していた組織を逐《お》われた」

カスミはほっと息を吐いた。よかった。自分の勘はまちがっていなかった。

「その人を選ぶの？　あたしではなく。十年前、あなたを守ったから？」

父親が苦笑した。

「彼が十年前したことは、彼らのビジネスを守るのが目的だった。その中に私が含まれていたにすぎない」

「じゃあその人の情報をあたしに与えて」

「結果、お前の命を危険にさらせ、と？」

「何かあって死ぬのは、あたしもあの二人もいっしょ。あたしだけ安全なんてありえない」

「お前が一番、死に近いところにいた。撃たれたことを忘れたのか」

「忘れてない」

父親の目を見て告げた。父親はじっとカスミの目を見返し、やがて答えた。

「いいだろう」

アツシ

中国とロシア以外にフィリピン、イラン、韓国といった地下銀行が存在するのをトカゲがつきとめた。が、規模からいって、貸金庫の営業はしていないか、していたとしても、利用者は同国人に限られていた。

やはり規模で考えれば中国系の地下銀行ということになる。ホウが調べた結果、池袋の他に、都内にはあとふたつの中国系地下銀行があった。

ひとつは銀座《ぎんざ》、ひとつは錦糸町《きんしちょう》だ。その三ヵ所すべてに貸金庫は設置されている。

「村雲が『マッカーサー・プロトコル』を回収するのは、自分の安全が確認されたときだ。それはつまり藤堂が死ぬか逮捕されたとき、ということになる」

クチナワがいった。

「じゃ、どうすりゃいいんだ。村雲が回収にこなけりゃ、どこに預けてあるのかつきとめようがない」

タケルは唇を尖《とが》らせた。渋谷の基地に集まっていた。アバシリとマスターもいる。

「方法はある」

ホウがいうと、全員がホウを見た。

「地下銀行に近々手入れがある、という噂を流すんだ。それも中国人じゃなく、日本のやくざを通して。一木会や〝本社〟に噂が流れれば、村雲にも伝わるだろう。万一、自分が預けている地下銀行が手入れをくらったら、『マッカーサー・プロトコル』が警察に押さえられてしまうかもしれない。村雲はあせって回収にくる筈だ」

「だがやくざに伝われば、当然中国人にも伝わる。閉店するのじゃないか」

アバシリがいった。

「閉店したら、送金などの依頼に応《こた》えられないだけじゃなく、貸金庫を使っている客からクレームがくる。地下銀行だけに、預けたものを返さない気かと疑われるからな。びくびくしながらも開けるしかないさ」

ホウは答えた。

「三ヵ所に監視をおき、村雲本人が現れるのを待つ、ということだな。村雲にはグルカキラーがボディガードとしてついてくるだろう」

クチナワが頷《うなず》いた。

「なるほど、悪い手じゃねえな。わかった。極道どもには俺が噂を流してやる。一木会にも〝本社〟にもツテがあるからよ」

アバシリはいってクチナワを見た。

「いいですか」

「乱暴だが答が早い方法ではある」

クチナワは頷いた。

マスターが口を開いた。

「村雲を見つけたとして、現段階では奴を拘束する理由がありません」

「理由はある。グルカキラーだ。村雲にグルカキラーがついていれば、必ず牙《きば》をむいてくる」

クチナワの答にマスターは息を吸いこんだ。

「こいつらがグルカキラーの標的になるというのは、そういうことですか」

「俺はかまわない」

タケルがいった。ホウを見る。

ホウも無言で頷いた。

「この作戦には、警察の支援を望めない。地下銀行摘発の噂を流す捜査方法じたいに問題がある」

クチナワはマスターにいった。

「そんなことは百も承知だ。俺らの捜査はいつだって問題だらけだった」

タケルが肩をそびやかした。マスターはタケルを見つめた。

「相手はグルカキラーだぞ」

「やっとだ。やっと奴らを潰《つぶ》せる」

マスターはタケルからクチナワ、トカゲ、アバシリへと目を移した。

「やるしかないようだ」

低い声でいった。

クチナワ

「奴だ」

クチナワは低い声でいった。銀座一丁目の、外堀通りを二本東に入った一角にある雑居ビルを見ている。銀座というと、きらびやかなブランドショップや飲食店がたち並ぶ印象が強いが、このあたりは小規模な雑居ビルが多く、比較的地味な雰囲気だ。

その雑居ビルの一棟の地下が、地下銀行なのだった。看板には「赶緊《カンチン》貿易公司」と社名がうたわれている。

白と黒のアルファードが二台、「赶緊貿易公司」の入ったビルの前に止まり、白のアルファードから降りたった二人の男があたりの安全を確認するのを待って、黒のアルファードから男が降りた。眼鏡をかけ、細身の体に光沢のあるグレイのスーツを着けている。

「対象を確認した。急ぎ移動しろ」

かたわらに立つトカゲが携帯でメールを打つ。ホウとタケルは錦糸町、マスターとアバシリが池袋の地下銀行を監視しているのだ。

村雲が「赶紧貿易公司」にひとりで入っていくのを見届け、クチナワは双眼鏡をおろした。二人は「赶紧貿易公司」の入ったビルの向かいにたつビルの屋上にいた。

渋谷での会議から三日が過ぎていた。アバシリの流した噂が広まるには二日もあれば充分だ、とクチナワは踏んでいた。

二人はエレベータで地下に降りた。ビルの駐車場に止めてあったバンに乗りこむ。ハンドルを握ったトカゲがバンを地上にだした。

「池袋にいるアバシリたちは移動に時間がかかります。ホウとタケルが間に合うかどうかぎりぎりでしょう」

「村雲が預けておいた品を回収するには相当の時間がかかる筈《はず》だ。今日は大繁盛だからな」

この「赶紧貿易公司」は、東京にある中国系地下銀行の中では最も規模が大きく、貸金庫の数もそれなりに多いという情報があった。それを裏づけるように、開店の午前十時から、ひっきりなしに利用者が出入りしている。

入っていった客は、でてくるまでに最低でも一時間近くを要していた。おそらく厳重な身許《みもと》確認がおこなわれているのだろう。

でてきたときは、どの客も一様に大きなトランクやスーツケース、紙袋などを抱えている。税務署や場合によっては警察の目を逃れようと預けていた、多額の現金や宝石、有価証券などを回収しているにちがいない。

同様の報告は、アバシリやホウなどからもうけていた。池袋や錦糸町の地下銀行も、開店と同時に客が詰めかけているという。

やがてホウとタケルが到着したという連絡が入った。二人はホウの運転するバイクで移動している。

クチナワはホウに潜入を命じた。送金を依頼する中国人を装って、内部のようすを探らせるのだ。

アツシ

そのビルのエレベータは地下に降りられない仕組になっていた。あやまってエレベータを操作した無関係な人間が「赶紧貿易公司」に踏みこむのを防ぐためだろう。

階段はせまく、途中の踊り場においた椅子に二人の男がすわっていた。インカムをつけている。

ホウが降りていくと、ひとりが立ちあがり、日本語で訊《たず》ねた。

「どこにいきますか」

「田舎の叔父《おじ》さんに金を送る」

ホウは中国語で答えた。

「パスポートか外国人登録証明書はあるか」

男が中国語に切りかえ、訊ねた。

ホウは登録証をだした。受けとった男が、

「期限切れだ」

見るなりいった。

「わかってる。だからここにきたんだ。切れてなきゃ街の銀行にいった」

ホウが答えると、男は首をふった。

「だったら今日はやめとけ。警察が入るって噂が流れている。その場にいたらお前もつかまるぞ」

「叔母《おば》さんが病気で、手術代を急いで払わなけりゃならないんだ」

男は肩をすくめた。

「好きにしろ。下に降りたら、左右にカウンターが分かれていて、送金は右だ。左のカウンターには行列ができているが、お前は関係ない」

「右のカウンターだな」

ホウはいって、階段の先を降りた。「赶紧貿易公司」と金文字で書かれた扉がある。窓はなく、インターホンがあるだけだ。

インターホンを押すと、

「御用件をどうぞ」

日本語で女の声がいった。

「田舎の叔父さんに送金したい」

ホウは中国語でいった。

「前にここを使ったことはありますか」

女が中国語で訊ねた。

「ない。馬《マー》さんから聞いた」

「どこの馬さんですか」

「上野《うえの》で宝石屋をやっている馬さんだ」

「送金の金額は?」

「十万円」

扉のロックが外される音がした。扉が開くと、また二人の男がいた。奥にもう一枚スティールの扉がある。

男のひとりは金属探知機を手にしている。

「両手をあげて立て」

中国語でいった。ホウが言葉にしたがうと、金属探知機がかざされた。天井にはテレビカメラがついている。

武器がないことが確認されると、もうひとりの男が扉を拳《こぶし》で叩《たた》いた。コン、と一度だけだ。人数を知らせたのかもしれない。

扉が開かれた。

階段にいた男の言葉通り、正面に左右ふたつのカウンターがあり、左のカウンターの前に十人ほどの行列ができていた。その中に写真で見た村雲の姿もある。ひと目で日本人とわかる村雲は目立っていたが、本人はそれを気にしているようすがない。

ただ明らかにいらだっていた。村雲の前にまだ二人並んでいるのだ。

左のカウンターの奥が金庫室のようだが、一度に入れるのはひとりだけで、係員が同行する。そのひとりの用事がすむまで、順番を待つ仕組なのだろう。

金庫室をでてきた人間は、預けた金や品物が減っていないかを丹念にチェックする。相手が地下銀行なだけに盗まれていないかが心配のようだ。そのせいでさらに時間がかかっている。

右のカウンターは空いていた。手入れの噂があるからだろう。もし警察がくれば現金はすべて押さえられ、送金そのものが無駄になる。

ホウはカウンターに立った。中に女が二人すわっていて、ひとりが書類をさしだした。送金相手と自分の住所、氏名、電話番号、金額を書きこむようになっている。

ホウは黒龍江省《こくりゆうこうしよう》の実家の住所と電話番号、自分のでたらめの住所と電話番号を書いた。

女はそれをうけとると、目の前にあるパソコンのキィボードを恐しい速さで叩いた。

黒龍江省の〝支店〟にメールを打っているのだ。

しばらく待っていると、メールの返事がきたらしく、

「この電話、誰もでないそうです」

と、女がいった。

「たぶん、入院している叔母さんの病院にいっているんだ」

「携帯電話の番号を知りませんか」

「もってない。なくしたばっかりで、まだ新しいのを買ってないんだ」

「お金は預かりますが、今日確実に送金できるかどうか、保証はできません。どうしますか？」

女が淡々と訊ねた。

「じゃあでなおすよ」

女は頷《うなず》いた。

「ここの営業は午前十時から午後十時までです」

ホウの書いた書類を返却した。それをポケットにつっこみ、ホウはもう一度店内を見回した。

金庫室の手前とカウンターの奥に、五人の男がいる。パソコンに向かっている奴もい

るが、大半は客の動向に目を光らせていた。たぶんそのうちの何人かは武装しているだろう。

ホウは、「赶紧貿易公司」をでると、地上にあがった。「赶紧貿易公司」のあるビルの前の道に、ずらりと路上駐車が並んでいる。

「赶紧貿易公司」の利用客の車のようだ。運転手が乗っている車もあれば、無人の車もある。

白と黒のアルファードは、ビルの正面に止まっていた。白いアルファードのかたわらに男が二人立っている。

ひと目見て、只者《ただもの》ではないとわかった。二人とも黒っぽいスーツを着てネクタイをしめているが、身のこなし、目配りに無駄がない。

ホウが見ていると、ひとりが視線に気づき、見返してきた。頬がこけ、陽焼けし、目に粘りけのある光が宿っている。

こういう奴は前も見たことがあった。人殺しを何とも思っていない、感覚が麻痺《まひ》した人間の目だ。

ホウはアルファードのかたわらを歩きすぎた。角を折れ、あたりに村雲のボディガードらしい人間がいないのを確認して、携帯を手にした。クチナワを呼びだす。

「村雲がいた。あと一時間近くは足止めをくらうだろう」

「銀行内に村雲のボディガードはいるか」

「いない。ボディチェックが厳しいし、日本人は目立つから、村雲ひとりで入ったみたいだ」

「了解。アバシリたちを待つ。タケルと配置につけ」

「アバシリたちがきたら？」

「村雲がでてくるのを待って拘束する。準備しておけ」

「わかった」

カスミ

赤坂《あかさか》にあるタワーマンションの入口をくぐった。アメリカ大使館が近いせいもあるのだろう。マンション周辺にはやたらに警察官が多く、ロビーにも立っている。このマンションに要人が住んでいるようだ。

ガラス越しに警察官の姿を見ながら、インターホンで「３８０１」を押した。

イエス、と英語の返事があった。

「カスミ・トウドウ」

とだけ、インターホンに告げる。

ロビーと入口をへだてたガラス扉が開いた。インターホンは沈黙している。

カスミはロビーをよこぎった。エレベータホールの手前にゲートがあり、そろいのジャケットを着けた男が二人すわっている。カスミが歩みよるとひとりが口を開いた。

「どちらをお訪ねでしょうか」

「３８０１のヘフナーさんです」

男は頷き、首から吊《つ》るしたカードキィをゲートのスキャナーにかざした。ゲートが開く。

「奥のエレベータをお使い下さい」

「ありがとうございます」

カスミはいってエレベータに乗りこんだ。

「38」を押す。

エレベータを降り、ホテルのような廊下をつきあたりまで進んだ。「３８０１」の扉の前に立つと、インターホンを押す間もなく内側から開かれた。

白いシャツに幅の広い派手なネクタイをしめた白人が立っていた。髪はまっ白で、顔にも体にもたっぷり肉がついている。

「カスミ！」

白人は顔をくしゃくしゃにして笑みを浮かべた。

「ロングタイムノーシー。前にカスミと会ったとき、君はまだこんなベビーだった」

掌《てのひら》で一メートルくらいの高さを示した。

「こんなに美しいプリンセスになって。お父さんは君を誰にも渡したくないだろうな」

カスミは微笑んだ。白人は大きく扉を開いた。

「入りなさい」

二十畳はある巨大なリビングから街が見おろせた。十人はすわれそうな革の応接セットがおかれている。

「コーヒー、ミネラルウォーター？　ワインはまだ早いかな」

快活にいって白人は壁ぎわの冷蔵庫に歩みよった。

「ミネラルウォーターをお願いします」

白人は人さし指をたて、とりだしたペットボトルをカスミに手渡した。

どすんとソファに腰を落とす。

「オールドフレンドから電話をもらって嬉《うれ》しかったよ。その上、君を紹介したいという。プリンセスがこんな老いぼれに、何の用があるのだろう？」

淀《よど》みのない日本語だった。

ミネラルウォーターのキャップを開け、ひと口飲んだカスミは微笑んだ。

「『マッカーサー・プロトコル』」

白人の表情はまったくかわらなかった。カスミの言葉がまるで聞こえていないかのようだ。

「村雲さんがもっている筈《はず》です」

「ムラクモ……」

白人は瞬《また》きし、宙を見つめた。

「聞いたことがあるぞ。どこで聞いたのかな」

「あなたが今保護している、父の元部下です」

白人は目をみひらき、わざとらしく胸に手をあてた。

「私が、保護？　こんな何ももたない年寄りが？」

「あなたは魔法使いです、ミスタヘフナー。その魔法は、グルカキラー」

白人は宙を見つめた。

「グルカキラー。確か、その名も聞いたことがある」

「『マッカーサー・プロトコル』の権利の行使とひきかえに、あなたは村雲さんを保護した。それは一木会や〝本社〟にもしかしたら莫大《ばくだい》な利益をもたらし、その一部があなたの懐ろに流れこみます」

白人は悲しげに首をふった。

「プリンセス、君は人ちがいをしている。それは私ではない」

「時間がありません、ミスタヘフナー。村雲さんを警察も捜しています。もし村雲さんがつかまったら、『マッカーサー・プロトコル』は闇に葬られる。あなたの古巣もそれを望んでいる」

白人は天を仰ぎ、大きく息を吸いこんだ。

「私が古巣に冷たくされたのは事実だよ。そして彼らを見返してやりたいとも思っている。だが――」

「ミスタヘフナー、本当に時間がないんです。今この瞬間にも、村雲さんは逮捕されているかもしれません」

「日本の警察はそこまで優秀かね」

「十年前、あなたが殺しそこねた刑事が捜査の指揮をとっています」

「彼は排除されたと聞いたが？」

「その話をあなたにしたのは誰です？」

「古い友人だ」

「中西さんですか」

白人は無言だ。カスミはバッグから新聞の切り抜きをとりだした。

「元内閣危機管理官　死去」という小さな見出しがある。

「誰もあなたに伝えていなかったのですね」

テーブルにおかれた切り抜きを白人は手にした。日本語を読めるようだ。

記事は警察官僚だった中西が「事故で不慮の死をとげた」とあった。

白人は目を閉じた。

「あの男か」

「と、あなたの古巣が、中西さんを追いつめたのだと思います」

白人は目を開き、首をふった。

「残念だ」

「村雲さんがつかまる前に今いる場所を教えて下さい」

白人はカスミを見つめた。

「プリンセス、君はいったい何をしようとしているのだ？」

「村雲さんを父に引き渡します。そうすることで、わたしは父と交した約束を果たせる」

白人はぽかんと口を開いた。やがて背もたれに体を強く押しつけ、訊《たず》ねた。

「それで私は何を得る？」

カスミは白人の目を見つめた。

「何も。何も得ません。ただ心の平安を除いて」

「ココロノヘイアン」

白人はくり返した。

「そうです。十年前、職務とはいえ、あなたは何の罪もない家族を殺させた。八歳の女の子とその両親。ターゲットは父親ひとりで充分だった筈なのに。しかも殺し方は残酷で、ひどい苦しみと恐怖を与えた。それを後悔したことはありませんか。家族の平穏と子供の未来を奪ってしまった痛みが胸に刺さっていたのではありませんか」

白人はカスミの言葉の途中から首をふっていた。小さく、何度も首をふり、カスミが口を閉じたとたんにはっきりといった。

「ノー。あれは任務だった。ひとりを殺すだけでは達成されず、残酷な死が大きな話題となることで本来の目的をカモフラージュした。プリンセス、私は後悔も痛みも感じたことはない。私は任務を成功させ、そのことに誇りを感じている」

カスミは目をみひらいた。本気で思っているのか、それともそう信じなければ生きてこられなかったのか。

「そしてはっきりいおう。グルカキラーは、忠実な部下だった。彼らを裏切ることはできない。たとえプリンセスが、今私を殺すといっても」

カスミは深呼吸し、目を閉じた。握りしめていたペットボトルをテーブルに戻す。

「わかりました。ここにきたのはまちがいでした」

白人は首をふった。

「私は君に会えて嬉しかった。お父さんとは長いこと会っていないが、昔のように三人で食事でもできればいいと思っている」

小さくカスミは頷《うなず》いた。立ちあがる。

「お邪魔しました」

白人はひきとめなかった。立ちあがり、玄関へとカスミを案内した。ドアノブに手をかけ、カスミに告げた。

「私を責める前に、君には責めるべき人間がいる筈だ」

「責めました。あの人は、自分を破滅させる気か、とわたしにいいました。状況によってはわたしも死ぬことになる、と」

白人はカスミの目を見た。

「何と答えたのかね」

カスミは首をふった。

「それはわたしと父の問題です」

白人は目をそらした。そして扉を引いた。

「サヨナラ」

カスミはじっと白人を見つめた。白人は目を合わせようとはしなかった。

無言で扉をくぐり抜けた。扉が閉まり、ロックのかかる音が聞こえた。

カスミは三歩ほど歩き、立ち止まった。バッグからイヤホンをひっぱりだし、耳にさしこんだ。

イヤホンからため息と小さな足音が聞こえた。やがて、

「私だ。今どこにいる？」

という白人の声が流れてきた。

「ギンザ？　ギンザで何をしているのだ」

ややあって、

「本当か」

白人が訊ねた。

「警察の罠《わな》ではないな」

念を押すようにいった。

「わかった。撤収しろ。そうだ。撤収だ」

革のきしむ音が聞こえた。ソファに腰をおろしたようだ。

しばらくすると、

「ヘフナーです。会長サンですか」

という声が聞こえてきた。

「ムラクモのいる場所がわかりました。彼は『マッカーサー・プロトコル』をもっています。彼をつかまえれば、『マッカーサー・プロトコル』は手に入ります。場所はギンザイッチョウメ。カンチン貿易公司です。ボディガード？　大丈夫です。ムラクモはひとり。会長サンの邪魔をする人はいません」

沈黙があった。

「約束です。USガバメントに裁判起こすのは、私の仕事。任せて下さい」

やがて何も聞こえなくなった。カスミは息を吐き、エレベータに向け歩きだした。

タケル

「どうなってんだ」

タケルは目をこらした。「赶緊貿易公司」の周辺にいた男たちがいっせいにアルファードに乗りこんだからだった。アルファードはいきなり発進した。

村雲を待ち、あたりを警戒していたボディガードがいなくなった。

「あいつらが逃げる」

タケルはクチナワの携帯に叫んだ。

「追うな」

「いいのかよ！　あいつらがグルカキラーかもしれないのに」

「村雲を待て。『マッカーサー・プロトコル』の入手が先だ」

「そんなものよりグルカキラーじゃないのか?!」

「そういう条件になっている」

「条件？　何のだよ！」

「乗れっ」

ホウがいってヘルメットを手にした。

「あいつらを追うぞ」

タケルはホウのうしろにまたがった。ホウがバイクのエンジンをかけると同時に、クチナワがいった。

「『マッカーサー・プロトコル』の回収とひきかえに、連中は私の復帰を警視庁に認めさせた」

「じゃ勝手に回収しろ。俺たちはグルカキラーを追う」

タケルはいって、電話を切った。ホウがバイクを発進させた。

カスミ

「赶緊貿易公司」が入ったビルから少し離れた位置に止まっているバンにカスミは気づいた。クチナワの移動手段だ。

間に合った。タクシーを降り、カスミはほっと息を吐いた。村雲はまだつかまっていないようだ。

バンに歩みよった。運転席にトカゲがいた。

カスミに気づくと背後をふりかえった。バンのスライドドアが開き、カスミは乗りこんだ。クチナワが見つめている。

「二人はどこ?」

「離脱した村雲のボディガードを追っていった」

カスミの問いにクチナワは答えた。

「たった二人で？　相手はグルカキラーなのに」

「『マッカーサー・プロトコル』の回収が優先事項だ」

カスミは息を吸いこんだ。

「CIAと取引したのね」

クチナワは小さく頷いた。そして訊《たず》ねた。

「なぜここがわかった」

「ヘフナーの部屋に盗聴器をしかけた」

「奴はグルカキラーを引きあげさせた。なぜだ？」

「あなたたちを警戒したから。かわりに一木会か〝本社〟がここにくる」

「暴力団が？」

「ヘフナーは『マッカーサー・プロトコル』で保証された権利の回復を求める裁判を起こすつもりよ。原告側の弁護士として」

「何の得がある？　金か」

「それとアメリカ政府への復讐《ふくしゅう》。ヘフナーは自分を捨てたCIAを恨んでいる」

「警視正」

トカゲが運転席から呼びかけた。カスミはフロントグラスの向こうを見た。四台の車が「赶紧貿易公司」の入ったビルの前で止まった。中にはひと目でやくざとわかる男たちが乗っている。

「ヘフナーは村雲を売ったわけだ」

クチナワは皮肉げにつぶやいた。

「『赶紧貿易公司』って何？」

カスミは訊ねた。

「地下銀行だ。村雲はそこの貸金庫に『マッカーサー・プロトコル』を預けた。警察の手入れがあるという噂を我々は流し、村雲が回収するように仕向けた」

「警察が踏みこむかもしれないのに、あいつらは村雲をさらいにきたというわけだ」

トカゲがつぶやき、ジャケットの下から拳銃《けんじゅう》を抜いた。

「村雲はまだ地下銀行にいるの？」

クチナワは腕時計を見た。

「いる。手入れの噂が流れたので、おおぜいの客が詰めかけ、業務が混乱しているんだ」

クチナワは携帯をとりだし、どこかにかけた。

「村雲に集中しろ。今きたのは、たぶん一木会か〝本社〟の人間で、村雲を捕えるのが目的だ。おそらく武装している」

「村雲です」

トカゲがいった。

「いけっ」

クチナワはいった。トカゲがバンを降りた。「赶緊貿易公司」の入ったビルの入口で、アタッシェケースをもった男が立ちすくんでいた。村雲だった。眼鏡をかけ、グレイのスーツを着ている。

男はきょろきょろとあたりを見回していた。いると思っていたボディガードや車の姿がないので当惑しているようだ。

二台の車からばらばらと男たちが降りた。村雲をとり囲む。そのまま車にひきずりこもうとするのをトカゲが止めた。

「待てっ。警察だ。その男を引き渡してもらおう」

男たちは聞こえていないかのように車のドアを開け、村雲を押しこもうとする。その車の鼻先に、ずんぐりとした金庫のような体つきの男が立ち塞《ふさ》がった。フロントグラスごしに拳銃をつきつけ、運転手に降りろと身ぶりで指示した。

「この野郎！」

怒号があがり、トカゲに男たちがつかみかかった。建物の陰からひょろりとした姿がとびだし、男たちに襲いかかる。バー「グリーン」のマスターだ。トカゲとマスターはあっという間に男たちを叩《たた》きのめした。通行人が逃げまどい、銃を抜こうとして腕をトカゲに折られた男が悲鳴をあげた。

「マスター……」

カスミはつぶやいた。

「もうひとりはアバシリ。二人ともかつて私の部隊にいた」

金庫のような体つきの男をさしてクチナワがいった。

村雲がトカゲに背を押され、バンに向かって歩いてくる。マスターとアバシリはその場に残り、男たちから銃やナイフなどの得物をとりあげていた。

パトカーのサイレンが聞こえてきた。

クチナワがバンのスライドドアを開くスイッチを操作した。村雲がバンの中をのぞき、体をこわばらせた。

「カ、カスミさん……」

「すわれ」

クチナワがシートを示し、村雲の手からアタッシェケースをとりあげた。トカゲが運転席に乗りこむ。

カスミはバッグから拳銃を抜いた。クチナワにつきつける。

「何の真似だ」

クチナワは眉《まゆ》をひそめた。

「村雲を渡してもらう」

カスミは告げた。

「本気なんだな」

クチナワはカスミの目を見つめている。

「これしか方法はないの。父との約束を守るには」

「警視正」

運転席から立ちあがったトカゲを、クチナワは手で止めた。

「『マッカーサー・プロトコル』はどうするんだ？」

クチナワの問いにカスミは首をふった。

「あの人はそんなものに興味ない。欲しいのは村雲の身柄だけ」

「だったら好きにするがいい」

「待ってくれ！」

村雲は叫んだ。

「殺される。俺を渡さないでくれ」

クチナワは村雲を見た。

「お前には今のところ何の容疑もかかっていない。私たちの目的は『マッカーサー・プロトコル』だ」

「だからって俺を藤堂に殺させるのか」

村雲はクチナワにすがりつかんばかりだった。それを無視してクチナワはカスミに訊ねた。

「あいつらの命と引き換えか。だとしたら無駄になるかもしれんぞ」

「あなたまで、二人を見捨てるとは思わなかった」

カスミはいった。

「私はいつだって職務を優先している。勝手に動いたのは、あいつらだ」

カスミは息を吸いこんだ。バッグから携帯をとりだし、ボタンを押す。

「わたしよ。回収にきて」

応《こた》えた相手に告げ、携帯を切った。

「なあ、頼む。俺を渡さないでくれ。カスミさん――」

「あなたはグルカキラーを使って、郡上さんたちを殺させた。それが立証されたらどのみち死刑は免れられない」

カスミは冷ややかにいった。

黒のSUVがバンのかたわらで止まった。スライドドアが開き、二人の男が降りた。

カスミは銃を村雲に向けた。

「あちらの車に乗りなさい」

「カスミさん、お願いです。助けて下さい」

村雲は土下座せんばかりだった。カスミは首をふった。

「あなたより大切な人間の命がかかってる。助けられない」

アツシ

銀座を離れた二台のアルファードは隅田川《すみだ》を渡り、中央区《ちゆうおう》から江東区に入った。豊洲《とよす》を抜け湾岸道路を東に向かう。荒川を渡り、江戸川区《えどがわ》に入ったところで進路を北にかえた。倉庫やトラックターミナルの並んだ埃《ほこり》っぽい一帯を抜けていく。

やがて「JS物流商会」と看板の揚げられた建物の前で止まった。四階だての、窓の少ないビルだった。スーツを着た六人の男たちが二台から降りると、ビルの中に入っていった。

ホウは建物の手前、百メートルのところでバイクを止めた。大型トラックがひっきりなしにあたりをいきかっている。

「どうする。乗りこんでも二人じゃ勝ち目はないぞ。あいつらはたぶんグルカキラーだ」

「わかってる。まずはようすを見ようぜ。全員がここで寝泊まりしているのじゃなけりゃ、人がいなくなる時間がある筈《はず》だ」

タケルが答えた。ホウはタケルを見直した。

「何だよ」

「冷静だな」

「頭に血を昇らせてつっこんでも、やられたら意味がないだろう」

ホウは笑った。

「成長したな」

「うるさい」

ホウは煙草に火をつけた。バイクを降り、道ばたにしゃがんだ。二人の姿は、男たちが入っていった建物からは見えない筈だ。

「けど、なんであいつらいきなり引き揚げたんだ？　警察に村雲を渡すつもりだったのか」

タケルもバイクを降り、ガードレールに腰かけた。

「わからない。けどあいつらを動かしているのが村雲なら、決して引き揚げなかった筈だ」

「じゃ誰が動かしてるんだ」

「ここで見張っていればわかるのじゃないか」

「動かしてる奴がくるってのか」

「かもしれん」

ホウの携帯が振動した。

「クチナワだ」

画面を見て、耳にあてた。

「どこにいる？」

　クチナワが訊《き》いた。

「江戸川区のトラックターミナルだ。『ＪＳ物流商会』ってところに、奴らは入っていった。そっちはどうなった？」

「『マッカーサー・プロトコル』は回収した」

「村雲は？　逃げられたのか」

　クチナワは間をおいた。

「カスミが連れていった」

「何だって。どういうことだ」

「いった通りだ。銃をもったカスミが現れ、拉致《らち》した」

「なぜそこがわかったんだ」

「グルカキラーを動かしている元ＣＩＡのヘフナーの部屋に盗聴器をしかけたようだ。カスミは藤堂に村雲を渡す約束をしている」

「グルカキラーが引き揚げた理由は？」

「ヘフナーが村雲と『マッカーサー・プロトコル』を〝本社〟に売った。〝本社〟は『マッカーサー・プロトコル』を材料にアメリカ政府を相手どった裁判を起こし、ヘフナーは原告の弁護士としてひと儲《もう》けするという筋書きだった。が、我々が村雲と『マッカーサー・プロトコル』を押さえたんで、それはできなくなった」

「そいつがタケルの家族を殺させたんだな」

「そうだ。私の脚も奪った」

「ヘフナーはどこだ?」

「『マッカーサー・プロトコル』の回収に〝本社〟が失敗したのを知って動きだしている筈だ」

「ここにくるかな」

「そいつはわからん。お前たちはどうするつもりだ」

「『JS物流商会』がグルカキラーのアジトかどうかを確かめる。人が少なくなる夜を待って、忍びこむ」

「見つかればまちがいなく殺されるぞ」

「じゃあ応援をよこしてくれるのか」

「現状、『JS物流商会』に家宅捜索をおこなうだけの証拠はない」

「それを俺たちが見つければいいのだろ」

「その通りだが、これまでお前たちがやってきた潜入捜査とはちがう。相手はプロの殺人集団だ」

「じゃあどうしろっていうんだ」

「とにかく待て。拘束した〝本社〟の連中の取調べを終えたらそちらに向かう。死にたくなければ早まるな」

クチナワはいって、電話を切った。

カスミ

SUVは湾岸の埋立地に向かっていた。ぽつんとたった建物は、はるか手前から見える。

村雲はあきらめたのか、口数が少なくなっていた。

SUVが建物のかたわらで止まった。父親の部下が村雲を降ろした。

「あの人は中にいるの？」

「これからおみえになります」

部下は答え、村雲を建物の入口に押しやった。村雲はされるがままだ。

カスミは三人のあとに車を降りた。

父親の部下が建物の扉についたインターホンを押した。扉のロックが内側から解かれ、扉を部下が引いた。

サイレンサー付の拳銃《けんじゅう》を手にしたヘフナーが立っていた。拳銃がくぐもった音をつづけて発した。

二人の部下と村雲がその場で崩れ落ちた。扉の内側にも倒れている父親の部下がいた。

ヘフナーは首をふった。

「プリンセス、君がこんな真似をするなんて」

銃口をカスミに向けたまま、左手で盗聴マイクを掲げた。

「悪い子だ。〝本社〟の会長サンはとても怒っている。まさか君が警察のスパイだったとは」

カスミは無言だった。ヘフナーは、盗聴器で得た情報をもとに警察が動いたと思いこんでいる。

「この家のことを私が知っていて驚いたろう。そう、プリンセスのいった通り、私は魔法使いなんだ」

ヘフナーは落ちつきはらっていった。

「わたしを殺すの？」

ヘフナーは首をふった。

「まさか。君は重要な取引材料だ。警察が押収した『マッカーサー・プロトコル』をとり返すための」

「警察は取引なんかに応じない」

「取引をするのは、私と警察じゃない。私と君のお父さんだ」

「父が？」

「君の命を助けるためなら、お父さんは何でもするだろう。この男より君のほうがはるかに役に立つ」

　倒れている村雲をちらりと見て、ヘフナーはいった。

「車に乗りなさい。その前に、バッグを預かっておこう。また妙な細工をされては困るのでね」

　ヘフナーは手をのばした。カスミはバッグを渡した。手にした瞬間、ヘフナーは重さに気づいた。

「銃までもっていたのか。油断のできないプリンセスだ」

　手錠をポケットからだした。

「これを両手にかけなさい」

「父はわたしのためには動かない」

「それを決めるのは君ではない。乗って」

　カスミはSUVの後部席にすわった。ヘフナーがシートベルトを使って、簡単には動けないようカスミの体を固定した。

「そうだ。君の携帯をここにおいていこう。そうすれば、お父さんと話ができる」

　ヘフナーはいって、バッグからカスミの携帯をとりだし、村雲の死体の背中にのせた。

「彼ならこの意味に気づく」

　カスミは目をそらした。ヘフナーを甘く見ていた。長年CIAで汚れ仕事にかかわってきた男が、やられたままでいる筈《はず》がなかった。

ヘフナーがSUVの運転席に乗りこみ、エンジンを始動させた。

「よかった、この車があって。何せ、ここまでタクシーできたのでね。私の車を止めておくわけにはいかなかった」

SUVを発進させた。

「どこへいくの？」

「忠実な部下だった男たちのところだ」

タケル

二時間がすぎた。「JS物流商会」から、入っていった男たちがでてくる気配はない。

「あいつら帰りそうもないな。ここに住んでるのか」

「だとしたら忍びこむのは厄介だ」

ホウが答えた。

「カスミは結局、親父を選んだんだな」

タケルはつぶやいた。

「逆らえなかったんだ。父親に」

「そうなのかな。あいつは初めから親父の側にいたのかもしれない。俺たちとの任務は全部、遊びか修業のようなもので」

「そこまで疑うな」

ホウがいった。

「だんだんわからなくなってきた。あいつはいったい何を考えてたんだ。何が目的だったんだ」

タケルは頭をふった。ホウはぼんやりと煙草を吹かしている。

「さあな。だけど、あのときは確かにチームだった。それがずっとつづくと思っていたのは俺とお前だけだったのかもしれないが」

「チームか。くそっ」

タケルがつぶやき、携帯をひっぱりだした。

「今なら、あいつ、答えるかな」

「さあな。もう俺たちの電話にでないかも」

「用済みってことかよ」

ホウは煙草を捨て、タケルを見た。

「もしかすると、あいつがしたことはすべて俺たちのためかもしれない。藤堂に俺たちを殺させない、そのひきかえに俺たちと連絡を断った」

「だったらそういえばいいじゃないか」

「そんなことをしたら逆効果だ。お前も俺も、カスミをとり戻そうとするに決まってる。

あいつはそれがわかってる」

タケルはホウをにらんだ。二人は見つめあった。

「そうさ。俺たちはどっちもカスミに惚《ほ》れてる。心の底で、あいつを信じたいんだ」

低い声でホウがいった。

タケルは携帯のボタンを押した。耳にあてる。

呼びだし音が鳴っている。やがて、

「もしもし」

男の声が応《こた》えた。タケルは目をみひらいた。

「あんた――」

「タケルか」

藤堂の声を覚えていた。タケルはいった。

「カスミと話したい。いっしょにいるのか」

「いない」

短く藤堂は答えた。タケルは息を吐《つ》いた。やはりカスミは話す気がないのだ。父親に携帯を預けている。

「今、どこにいる?」

藤堂が訊《たず》ねた。

「どこだってあんたには関係ない。カスミが俺と話したくないなら、そういってくれ」

藤堂はわずかに沈黙し、いった。

「私の部下と村雲が殺された。この電話は、村雲の死体のところにおかれていた。殺した者がカスミを連れていったようだ」

タケルは電話を握りしめた。

「誰がやったんだ」

「おそらく、ヘフナーだろう。カスミは村雲をつかまえるためにヘフナーを利用したようだ。その結果、ヘフナーは『マッカーサー・プロトコル』を失った。その代償を、私に求める気のようだ」

「ヘフナーと話したのか?!」

「まだだ。おそらくこの電話にかけてくる」

ホウが無言でタケルを見つめている。カスミに何かあったのだと察したようだ。

「連絡があったら、俺にも知らせてくれ」

「なぜだ」

「決まってるだろう！　カスミを助ける」

「お前たちの力は必要ない。カスミは私の娘だ」

「そうだけど、カスミは俺たちの仲間だ」

「仲間か。最後はどうする？」

「最後？」

「お前とホウ、どちらがカスミをとるのだ？」

タケルは息を吸いこんだ。

「三人で仲よく暮らす？　ありえない。どちらかはカスミを失う。私はカスミに忠告した。お前は二人を苦しめている、となる。両方を選ぶことはできない。いずれどちらかを選ぶ羽目になる」

タケルの口の中がカラカラになった。カスミがどちらかを選ぶ。

「カスミは、何ていった？」

「干渉されたくないそうだ。お前たちとのことについては」

タケルは息を吐きだした。

「カスミはお前たちの命と引きかえに村雲を渡すと私に約束した。自分の身を危険にさらしても、お前たちを救おうとしたんだ。他人のためにそんなことができる子だと、私は初めて知った」

タケルは唇が震えるのを感じた。

「カスミがお前たち二人を誰よりも大切に思っていることは認める。が、それは三人すべてを傷つける結果になる」

「そんなことはない！」

タケルは強い口調でいった。

「俺は、俺は、関係ない。カスミはホウといればいい。俺はそんな、気持とはちがう。

仲間だと思ってるだけだ」

いったあと、強く唇をかんだ。ホウが目をみひらいている。

「その言葉は、カスミ本人にいうことだ。もし、生きて会えたなら」

「絶対に助ける。殺させるもんか」

「たいしたものだ」

低い声で藤堂はいった。からかっている口調ではなかった。

「お前たちと出会わなければ、カスミはまるでちがっていたろうな」

「どういう意味だよ」

「お前たちには関係ない。それはカスミと私の問題だ」

「カスミとあんたの問題……」

「いっておく。手だしはするな。カスミをとり返すのは私であって、お前たちではない。ヘフナーは私との取引を望んでいる筈《はず》だ」

「ふざけるな。そいつが俺の家族を皆殺しにした」

「奴は平気でお前たちもカスミも殺すだろう。奴にはグルカキラーもついている。人も殺せないようなお前らには、太刀打ちできない」

タケルは言葉に詰まった。いきなりホウがタケルの電話を奪った。

「カスミは俺たちが助ける。たとえ死んでもだ。カスミは、あんたに助けられるより、俺たちに助けられたいと願ってる筈だ」

告げて、タケルに返した。

「もしもし」

タケルは藤堂に呼びかけた。返事はなかった。電話は切れていた。

「切りやがった」

タケルはつぶやいた。

「ヘフナーがカスミをさらったのか」

ホウが訊《き》いた。

「ああ。藤堂の部下と村雲を殺して連れていったらしい。『マッカーサー・プロトコル』をとられたんで頭にきたようだ」

タケルはいてもたってもいられず、立ちあがった。

「落ちつけ。さっき成長したってほめてやったのに」

「カスミが危ないんだぞ」

「ヘフナーがどこにいくか考えてみろ」

「そんなのわかるわけない」

「〝本社〟も一木会もあいつの味方じゃない。だったら、どこに味方がいる？」

ホウが落ちついた声でいった。

タケルは目をみひらいた。

「ここか⁉」

「ここにくるか、ここにいる奴らを自分のところに呼びだすか、どちらかだろうな」

ホウは頷《うなず》いた。タケルは拳《こぶし》を握りしめた。

「そうか。そうだよな。俺たちは期せずして、カスミを助けられる場所にいたってことだ」

「ただ、よほどうまくやらなけりゃ返り討ちにあう。ヘフナーもいっしょなんだ」

「わかった。とにかく待とうぜ」

タケルは答え、腰をおろした。カスミを助けなければならないとわかったことで、さっきまでのもやもやとした気持が消えていた。

結局、くよくよ考えることなんて自分には向いていないのだ。カスミと父親の仲がどうであろうと、これからやらなければならないこととは何も関係がない。

伝わったかどうかはわからないが、ホウが藤堂に告げた言葉は、そのままタケルの気持だ。

――カスミは俺たちが助ける。たとえ死んでもだ。

カスミ

ＳＵＶを運転しながらヘフナーが携帯をとりだした。どこかにかけ、英語で話した。

通話を終えたヘフナーはSUVを湾岸沿いに走らせた。やがて見えてきた建物に、カスミを目をみひらいた。

イベントクラブ「ムーン」だ。リンがDJブースから落下して死亡する事故のあと、「ムーン」は閉鎖されていた。それから二年近くがたっている。かつてあれほどイベントに熱狂した若者たちも「ムーン」の存在を忘れ、噂にすらのぼることはなくなっていた。

「ムーン」を所有するのは〝本社〟のフロント企業だった。営業の早い再開は警察の目をひくし、売却しようにも暴力団排除条例に阻まれて、「塩漬け」にする他ない状況になっているとカスミは聞いていた。

実際、「ムーン」へとつながる道の入口にあったセキュリティの詰め所は、すっかり雑草におおわれ、ゲートのバーには蔓草《つるくさ》が巻きついている。

ゲートの前でヘフナーはSUVを止め、バーを押しあげた。バーは錆《さ》びついていたのか軋《きし》みをたて、ヘフナーの顔が赤く染まった。

ここからすべてが始まった。そしてここで終わるのか。カスミは唇をかんだ。

手をはたき、SUVに戻ってきたヘフナーが話しかけた。

「もちろんここのことは知っているだろう、プリンセス。〝本社〟にとっては大きな収入源だったクラブだ。痛ましい事故があったせいで、今は見る影もないが」

進入路をSUVは進んだ。ドーム形の建物の下には関係者用の駐車場がある。そこに白のセンチュリーが止まっていた。

「降りなさい。これからビジネスの打ち合わせだ」

ヘフナーはいって、カスミの体を自由にした。「ムーン」の正面入口はシャッターが下りているが、かたわらの通用口の扉は開いていた。

内部はまるでかわっていなかった。空中に吊《つ》るされたDJブースとそれを囲む形で、オペラボックスのようなVIPルームがある。うっすらとほこりがたまり、ドーム状の天井にとりつけられた明りとりの窓は白く曇っている。どこから入ったのか、鳩が数羽、DJブースの屋根にとまっていた。千人を超す人間が踊ったフロアは、ただがらんとして、かつての興奮や熱狂の名残はどこにもない。

二人の男が、どこからかもってきたパイプ椅子にかけていた。その前に、ボディガードらしき男が立っている。

「きたか、ヘフナーさんよ」

すわっているひとりがいった。声は高い天井に吸いこまれた。

「あんたの指示通りに動いたら、うちの人間は皆、もってかれちまった。倉田は殺されるし、いったいどうなってる」

ごま塩頭で眼鏡をかけた、六十代の男だ。カスミには目もくれない。

「古い友人に妨害をされました。困ったものです」

「古い友人？　村雲のことかい」

「いえ。別の男です」

「例のものはどうなった？」

「その古い友人がもっています。警視庁の人間です」

「おい」

ごま塩頭の男が立ちあがった。

「どうするんだ」

「ご心配なく。このお嬢さんが役に立ってくれます」

男は初めてカスミを見た。

「何なんだ？」

まるでものを見る目だった。

「トウドウの娘です」

「何ぃ」

「〝本社〟の人ですね」

カスミはいった。ヘフナーがふりむき、指を口にあてた。

「君が喋《しゃべ》る順番はまだだ」

かまわずカスミはいった。

「父は取引には応じません。『マッカーサー・プロトコル』はあきらめて下さい」

ヘフナーが銃を抜いた。ボディガードがさっと銃をヘフナーに向けた。

ヘフナーは銃口をカスミの首に押しつけた。

「喋ってはいけないといったろう。次は容赦なく撃つ」

「あたしを殺したら、取引の材料には使えなくなる」

「殺すとはいっていない。膝《ひざ》を撃ち抜く。ミニスカートとはお別れだ」

「何を考えてる？」

ごま塩頭の男がいった。

「『マッカーサー・プロトコル』とこの娘を交換します。トウドウは何があっても警察から『マッカーサー・プロトコル』を回収するでしょう。たとえ自分の身と交換しても」

「その前に奴が乗りこんできたらどうする？」

「ご心配なく。私の忠実な部下がここを守ります」

「ＣＩＡが？」

ヘフナーが首をふった。

「もっと頼りになる者たちです。会長サンも安心して下さい」

そして携帯電話をとりだした。

「今、トウドウと話します」

アツシ

「ＪＳ物流商会」から男たちがでてきた。が、いでたちがすっかりかわっている。スーツを着ているのは二人だけで、あとの四人は作業服のような、黒い上下だ。全員が背中に太い筒を背負っていた。

「あの格好」

タケルがつぶやいた。スーツの男二人がそれぞれアルファードの運転席に乗りこみ、黒装束の男たちを後部席に乗せて発進した。

「いくぞ」

ホウはバイクにまたがった。アルファードのあとを追う。

二台のアルファードは、パトカーなどの注目をひかないためか、法定速度を守った。高速湾岸線に沿うように一般道を西に向かう。レインボーブリッジを渡り、臨港道路にでると、今度は海岸通りを南に進んだ。

「どこまでいくんだ？」

タケルがヘルメットごしに話しかけた。

「わからん。高速を使えば早いのに、乗らないのはナンバーを撮られたくないからだろう」

ホウは答えた。

やがてアルファードは平和島《へいわじま》に入った。トラックターミナルが並ぶ一角を東に抜け、京浜運河にぶつかると橋を渡った。そこから左に折れるアルファードを見届け、ホウはバイクを止めた。この先は一本道だ。

「なんで止まるんだよ」

遠ざかるアルファードに、タケルがいった。

ホウはヘルメットを脱いだ。

「奴らのいくところがわかった」

「え？」

手袋をした指で前方をさした。銀色のドーム様の建物が夕日をうけて輝いている。

「あれは――」

「ああ。『ムーン』だ」

「あいつら、なんで『ムーン』に」

「『ムーン』は〝本社〟がもってる。たぶんヘフナーは〝本社〟の奴らとあそこにいる」

タケルの携帯が鳴った。

「クチナワだ」

いって、タケルは耳にあてた。

「ちがう、もう俺たちはそこにいない。今いるのは平和島だ。奴ら、『ムーン』に向かった」

　タケルは携帯に告げた。ホウは手をさしだした。携帯をうけとるとクチナワにいった。

「カスミがヘフナーにさらわれた。藤堂の話じゃ、『マッカーサー・プロトコル』をとり返すつもりらしい」

「藤堂と話したのか」

　クチナワは訊《たず》ねた。珍しく驚いたような声だ。

「話した。村雲が殺され、その死体のところにカスミの携帯がおいてあったそうだ。ヘフナーがカスミの携帯を使って連絡をとるつもりだと藤堂は思ってる」

　クチナワは黙った。

「俺たちはカスミを助ける」

「待て。グルカキラーはどうした」

「ヘフナーのところさ。『ムーン』に入っていった。たぶん〝本社〟の奴らもいる」

「お前たちだけでは無理だ」

「わかってる。ようすを探る」

「気をつけろ」

　ホウは電話を切った。

カスミ

「久しぶりだ、トウドウ」

携帯を耳にあてていたヘフナーがいった。

「私の声はわかるだろう？　そう。その通りだ。カスミがこんなに美しくなっていて驚いたよ」

カスミはヘフナーの表情を見つめていた。〝本社〟の男たちも同様に、ヘフナーを見守っている。

「トウドウなら私の願いがわかる筈《はず》だ。カスミのせいで私はあれを失うことになった。子供の罪を親が償うのは、日本では美しい行為とされているのではないか」

ヘフナーは父親の言葉に耳を傾けた。たとえ自分を人質にとられても、父親は落ちつきを失うことなく語りかけているにちがいない。だが、怒っていないわけではない。父親は取引に応じると見せかけ、ヘフナーを殺しにくる。

「あれがどこにあるか？　あの刑事がもっている筈だ。とり返すのはトウドウの仕事だ。方法は任せよう。カスミと交換だ。時間はあまりない。今夜中だ」

ヘフナーは告げ、携帯を操作した。別の電話がかかってきたようだ。

「私だ。どこにいる？　よし。表に見張りを二人おいて、こっちに入ってこい」

携帯をおろし、ヘフナーはごま塩頭に告げた。

「私の部下が到着しました」

クチナワ

「カスミがヘフナーに捕えられた。村雲は殺されたようだ。ヘフナーはカスミを連れて『ムーン』にいる」

「『ムーン』？　あの『ムーン』ですか」

トカゲが訊《き》き返した。

「なんだ、それは」

アバシリがいった。

「ホウがボディガードをしていたリンという中国人のDJが死んだイベントクラブだ。〝本社〟の塚本が仕切っていた。カスミが罠《わな》にかけ、潰《つぶ》した」

マスターが答えた。

「チームの最初の仕事だ」

クチナワはつけ加えた。

「『ムーン』にいるのはヘフナーだけですか？」

トカゲが訊ねた。

「グルカキラーが合流した。〝本社〟の人間もいるようだ」

「あいつら二人じゃ無理です」

「もちろんだ」

「『ムーン』に向かいますか」

クチナワは考えた。アバシリとマスターが険しい顔になった。

「SATなど、それなりの装備がある応援を要請すべきです」

マスターがいった。

「確かに。だがそれをしたら藤堂は現れない」

「藤堂？　あの男が現れると警視正は思っているんですか」

アバシリが訊ねた。

「娘を助けるためなら現れるだろう。ヘフナーが欲しいのは『マッカーサー・プロトコル』で、それは今ここにある。もし応援を要請したら、藤堂は自分の手で娘を助ける機会を失う」

クチナワの携帯が鳴った。カスミの番号が表示されている。

「もしもし」

「話すのは初めてだな」

「初めてだが、声でわかる。藤堂だな」

「『マッカーサー・プロトコル』を返してもらいたい。もともと私がもっていたものだ」

藤堂はいった。

「犯罪の証拠品だ。返却は裁判のあとになる」

「それまで待てない。そちらの条件をいえ」

「条件?」

「何となら『マッカーサー・プロトコル』と交換する?」

クチナワは黙った。

「時間に制限がある。早くいえ」

「お前はいつもそうやって取引をするのか」

「どういう意味だ」

「カスミとも取引をしたろう。ホウとタケルの命とひきかえに、村雲を捜せと命じた。その結果が、今のこの状況だ」

「私に責任があるというのか」

「もちろんだ」

「カスミをスパイにした警察には責任がないとでも?」

「警察にはなく、私にある。だがそれを求めたのはカスミだ」

「知っている。カスミの願いは私の破滅だ」

低い声で藤堂はいった。

「少しちがうな。カスミはお前の破滅を求めたのじゃない。お前の帝国を破滅させたかったんだ」

「何がちがうんだ」

「お前には生きのびてもらいたい。だが犯罪とは縁を切る」

「夢物語だな」

「娘が父親に願う夢としては、むしろささやかだと思うが」

「下らん話はいい。『マッカーサー・プロトコル』とひきかえに何が欲しい？」

いらだったように藤堂はいった。

「お前の身柄だ」

「断わる」

即座に藤堂はいった。

「私が出頭したら、目的は果たせない。タケルから聞いている筈だ」

「ではこうしよう。『マッカーサー・プロトコル』を先に渡す。カスミをとり返したら出頭すればいい」

「そんな約束を私が守ると思うのか」

「守る守らないを決めるのはお前だ」

藤堂は黙った。

「時間がないのは我々も同じだ。カスミの居場所はわかっている。ＳＡＴの出動を要請すれば、ヘフナーやグルカキラーを捕えることはできるだろうが、カスミを確実に助けだせるとは限らない。ヘフナーはプロだ。お前が『マッカーサー・プロトコル』を渡せば、カスミを傷つけることなく解放するだろう。そのあとは我々に任せろ」

「そんな取引を私と勝手にしていいのか？」

「警察は、一度は私を切り捨てようとした。いや、二度か。今さら誰かに頭をなでてもらおうとは思わない」

クチナワは告げた。わずかに沈黙し、藤堂はいった。

「母親を失くしたとき、カスミは私に裏切られたと思った筈だ。私にそのつもりはなかったが」

「失われた信頼をとり返すチャンスだ」

ふっと藤堂が笑った。

「それは考えていない。私が望むのは、あの子が生きのびることだけだ。いろいろ教えこんだのも、私の子である以上、平穏な人生を望めないと思ったからだ」

「お前の帝国を継いでほしかったのじゃないのか」

「そう思った時期もあった。だがもう難しいようだ。カスミは、人を信頼する人間になってしまった。そんな人間に、私の帝国を預けることはできない」

「皮肉な話だな」

「お前たちのせいだ。タケルとホウが、あの子を変えた」

「それはちがう。もともと彼女がもっていたものだ。二人は引きだしただけだ」

藤堂は皮肉げにいった。

「もしそうなら、育てかたを誤ったのだな」

「人を信じる気持をもつ子に失望する親は珍しい」

「信じれば裏切られ、殺されることもあるのが、私の世界だ。好むと好まざるとにかかわらず、私の世界に生まれ落ちたカスミには、早死にをしてほしくないと願っただけだ」

「それもまた、親の気持か」

「夢《ゆめ》の島《しま》近くにある私の建物まできてくれ。そこに村雲と部下の死体がある。ヘフナーを逮捕する証拠になるだろう。『マッカーサー・プロトコル』をうけとる」

「お前が部下を連れて待ち伏せていないと信じられるか」

「私の部下を、そんな戦いで消耗させるつもりはない。ヘフナーとグルカキラーのために温存する」

クチナワは息を吐いた。ヘフナーがおかした殺人の証拠を得ても、逮捕できるのは死体ということになる。

「わかった。夢の島で会おう」

タケル

「こっちだ」

身の丈ほどに茂った雑草を押し分け、ホウが「ムーン」に向かった。日が低くなり、足もとから暗闇と寒気が這《は》いあがってくる。

「ムーン」は、直径が百メートル近くある巨大な建物だった。

あの日雨の中、連絡バスでピストン輸送された客たちのことをタケルは思いだした。「ムーン」へは二本の道がのびている。その二本の途中に仮設テントがおかれ、ガードマンとセキュリティがイベント参加者のチェックをしていた。

それは警察官や麻薬取締官、モグリのプッシャーを排除するのが目的だった。参加者の大半が十代から二十代初めまでのイベントに捜査官がまぎれこもうとしても、白鳥の群れに迷いこんだカラスのように目立ってしまう。

クチナワは、だからタケルをスカウトしたのだ。そのタケルに白羽の矢をたてたのがカスミだ。

「待て」

ホウが低い声でいって、足を止めた。「ムーン」から十メートルと離れていない。「ムーン」の建物本体は幅五メートルほどの通路で囲まれている。雑草は、さすがにその通路までは侵食しておらず、離れたところからは、銀色のドームがこつぜんと草の森からつきでているように見えた。

ホウがタケルの肩をつかんだ。地面に押しつける。草と草のすきまから、「ムーン」を囲んだ通路が見えた。そこを黒装束の男二人が歩き過ぎた。

「見張りか」

タケルが小声でいった。

二人のグルカキラーは、草むらを抜ける二本の道の出口に、それぞれ陣どった。「ムーン」に近づこうとする車は必ず見つかる。

「いくぞ」

ホウがいって草むらを走りだした。目の前にそびえるドームにとりつく。正面入口にはシャッターが下りていた。

かたわらに通用口らしい扉があった。

「そこは駄目だ。フロアにつながっている。入ったらすぐに見つかる」

扉に歩みよったタケルをホウが止めた。

「じゃあどうする？」

ホウがドームを四方から支える柱のひとつを指さした。「ムーン」は、巨大な飛行船が四本の柱に囲まれたような形をしている。

柱の内側に、鉄製のハシゴがとりつけられ、飛行船の屋根の部分にまでのびている。

「ＶＩＰルームの非常階段だ。火事になったとき、ＶＩＰルームから直接外に逃げられるようになってるんだ」

「詳しいな」

いってからタケルは気づいた。ホウは、ここで死んだＤＪ、リンのボディガードをやっていた。リンのために「ムーン」の非常用設備を下調べしたのだろう。

「登るぞ」

ホウは答えずハシゴにとりついた。ハシゴは斜めになった支柱に添うようにオーバーハングしている。

ハシゴの長さは、二十メートルはある。登りきったところがくぼんでいて、そこがＶＩＰルームの非常口とつながっているようだ。

ハシゴを半分まで登ったとき、足もとから話し声が聞こえ、タケルは手を止めた。下をのぞくと、四人のグルカキラーが通用口からでてくるところだった。

鉄製のハシゴは二人の体重をうけてもびくともしないが、ホウが段を登るたびに、カンカンという音をたてていた。

声をだせず、タケルは右手をのばしホウの足首をつかんだ。さもなければ、頭上から降ってくる足音をグルカキラーに気づかれてしまう。

が、それが想像もしなかった事態を招いた。足首をつかまれたホウがハシゴを踏み外したのだ。

ハシゴはオーバーハングしている。片足をかけているうちはいいが、両足が離れると、体はハシゴからぶらさがる形になってしまう。

ホウの体がハシゴに垂れさがった。驚いたように下を向き、足首をタケルがつかんだ理由を察した。

ハシゴのある支柱のすぐかたわらにグルカキラーがひとり立っていた。タケルとホウは、その頭上にいるのだ。

問題はホウだ。両手だけでハシゴからぶらさがっている。五分や十分は平気だろうが、それ以上長びけば、いくらホウの腕力でも限界がある。

タケルはハシゴを一段登ると、両腕をつっぱって体を反らせた。ぶらさがったホウの足が肩に触れる。

その意図にホウは気づいた。タケルの肩をホウの足が踏みしめた。タケルは体をハシゴに近づけた。

ホウの右の爪先《つまさき》がハシゴにかかった。ハシゴに右足をからませ、左足もハシゴにかける。

タケルはほっと息を吐いた。

そのまま二人はハシゴの途中で固まった。

太陽が完全に没した。

通用口の扉が開いた。

「見張り以外は戻ってこい」

そこから首をつきだした男が叫んだ。足もとにいた男が通用口に歩みよる。

扉の奥に消えるグルカキラーの数をタケルはカウントした。

ひとり、二人、三人……四人めが扉の奥に消えたところで、

「大丈夫だ」

小声でいった。ホウが再びハシゴを登り始める。

ハシゴの終点は、ドームがくぼんだ空間だった。タケルとホウの二人が立てるくらいのすきまがあり、そこに扉がついている。

「鍵《かぎ》がかかっているんじゃないか」

訊《たず》ねたタケルにホウは首をふった。

「この非常口は電磁ロックになっていて、建物の電源が落ちると、自動的に錠が外れる」

ノブをつかんで押す。

言葉通り、扉が開いた。が、次の瞬間、「ムーン」が息を吹き返した。暗闇だったドームの内側に光が満たされていく。

カチリと扉が音をたてた。

「危なかった」

ホウがつぶやいた。内部にいた誰かが「ムーン」の電源を起動させたのだ。あと数秒

遅かったら、非常口の扉はロックされていた。

VIPルームに入った二人は扉を閉めた。

建物の内側を向いたバルコニーが付属した部屋だ。内部には革張りのソファがあるが、カビとホコリの臭いがする。

VIPルームのバルコニーから下のフロアが見おろせた。こちらの明りはついていないので発見される心配はない。

タケルはバルコニーに忍びでた。同じ高さの空中にDJルームが浮かんでいる。下に何人かの人間がいた。

息を吹き返した照明は、ダンスフロアの天井にとりつけられたスポットライトだった。営業時なら回転したスポットライト数機が、動かずにまっすぐ光を床に投げかけている。円く浮かびあがったフロアと暗闇に閉ざされたフロアとが、くっきり分かれていた。

「カスミ」

タケルはつぶやいた。

床にカスミがすわっていた。かたわらに白人が立ち、その向かいの椅子に日本人の男二人がすわっている。その前には銃をもった男が立っていた。

「あいつがヘフナーか」

タケルの横に立ったホウがいった。ヘフナーも銃を手にしていた。

「そうみたいだ」

「グルカキラーはどこだ」

「わからん」

タケルは首をふった。建物内部には四人のグルカキラーがいる筈《はず》なのに、ひとりもその姿は見えなかった。スポットライトが作る闇の中にひそんでいるようだ。

タケルは携帯をとりだした。クチナワにメールを打つ。グルカキラー二人の見張りが外にいて、「ムーン」の内部には四人が隠れ、カスミとヘフナー、そして三人のやくざらしい男たちがいることを伝えた。

クチナワ

夢の島の近くにある藤堂のアジトには村雲の死体が転がっていた。他に三人の男が死んでいる。どの男たちも銃で撃たれていた。

「これは何だ」

アバシリがつぶやいた。

「私の部下と村雲だ」

声がした。上の階への階段の中腹に藤堂が腰かけていた。

クチナワは車椅子を建物の中に進めた。

「久しぶりといいたいところだが、会うのは初めてだったな」

藤堂がいって腰をあげ、階段を下りてきた。

「初めてだ。お前のことは知り尽くしたつもりだが」

クチナワは答えて、藤堂を見つめた。大男ではない。むしろ小柄で、均整のとれた体つきをしている。年齢を考えれば、ほっそりとしているほうだろう。だからといって貧弱な体ではない。動きは身軽で、バネがある。

藤堂は足を止め、五メートルほどの距離をおいてクチナワと向かいあった。二人のあいだに村雲の死体がよこたわっている。

「お前が私の生き甲斐《がい》だった」

クチナワはいった。

「お前にワッパをはめ、ひざまずかせる」

藤堂は無言で右手を上着のポケットに入れた。クチナワの背後にいたトカゲが拳銃《けんじゅう》の狙いを藤堂につけた。

藤堂がとりだしたのは細巻きの葉巻だった。火をつけ、濃厚な煙を吐いた。

「『マッカーサー・プロトコル』は？」

クチナワはアバシリを見た。アバシリが手にしたスーツケースをつきだした。

藤堂はスーツケースを受け取ると、村雲の死体の背中におき、開いた。

「愚かな奴らだ。こんな代物の効力をまだ信じているとは」

確認し、つぶやいた。

「アメリカ人は歴史に弱い。実際に使われたら、対応に苦慮するだろう」

クチナワはいった。

「この連中を殺したのがお前じゃないという証拠はあるのか」

アバシリが訊ねた。藤堂は頷《うなず》いた。

「監視カメラがこの建物にはとりつけられている。三階のハードディスクにヘフナーが
こいつらを撃つ映像が残っている」

クチナワはアバシリを見た。アバシリがマスターに頷き、二人はエレベータに乗りこ
んだ。

「だから我々をここに呼び寄せたのか」

「そういうわけだ」

アバシリとマスターが戻ってきた。

「確かにあります」

マスターが報告した。

「では私はこれで失礼する」

藤堂がいった。

「カスミの居場所はわかっているのか」

「ヘフナーに訊ねる」

「我々はわかっている。タケルからメールがきたところだ」

建物の外で車の音がした。トカゲがふり返ると、藤堂がいった。

「私の迎えがきた」

クチナワに目を移した。

「まだ動かしているのか、あの二人を」

「あいつらが勝手に動いている」

藤堂は皮肉げに唇を歪《ゆが》めた。

「かわいそうに」

「かわいそう？　どういう意味だ」

マスターが訊ねた。

「二人の気持は報われない。どちらかを選ぶことなど、カスミにはできないだろう。結果、二人とも傷を負う」

藤堂は答えた。そしてクチナワを見やった。

「お前の計画通りだ。二人はカスミに惚《ほ》れ、命を賭《か》けた」

建物の扉が開いた。スーツを着てサブマシンガンやアサルトライフルで武装した男たちが現れた。トカゲやアバシリが身構えた。

「手をだすな」

藤堂が命じた。

「カスミから私に接触してきたんだ」

クチナワはいった。

「知っている。お前の、私への復讐《ふくしゅう》心を利用しようと、あの子は考えた」

クチナワは息を吐いた。

「それが父親への復讐になるとわかっていたからだ」

「復讐ならもうされている。あの子が私のもとをでていくと決めたときに」

藤堂はいった。そして手下に合図した。

「いくぞ」

「やつらは『ムーン』にいる。〝本社〟の人間もいっしょのようだ」

クチナワは告げた。

「『ムーン』か」

「つまりお前たちを殺すつもりだ。あそこならどんな騒ぎが起こっても、外には洩《も》れない」

「決着をつけるときがきた、というわけだ」

藤堂は頷いた。

「グルカキラーが見張っている」

「彼らは私がまいた災厄の種だ。摘みとるのも私の仕事だ」

「我々もいく」

クチナワはいった。

「タイミングをあやまるなよ。カスミが危険にさらされる」

クチナワと藤堂はにらみあった。

「忘れるな。お前の逮捕も私の仕事だ」

藤堂は微笑んだ。そして何もいわず死体をまたぎこえた。手下に囲まれ、建物をでていった。

「いいんですか、奴に『マッカーサー・プロトコル』を渡しちまって」

それを見送り、アバシリがいった。

「あんなものは、ただの紙きれだ」

クチナワは答えた。

アツシ

「藤堂がこっちに向かってる。カスミと交換するために『マッカーサー・プロトコル』をクチナワから受け取ったらしい」

携帯を見たタケルが小声でいった。

「じゃあ、会ったのか。クチナワと藤堂は」

ホウの問いにタケルは頷いた。

「見ものだったろうな」

「どうせ全員、ここに集まるさ」

ホウはいって眼下に目を向けた。ヘフナーが携帯をとりだし、耳にあてた。

「トウドウ！　品物は手に入れたかね。さすがだ。もちろんプリンセスは無事だ。かわろうか？」

ヘフナーが携帯をカスミに渡した。

「もしもし。わたしは大丈夫です。はい。わかりました」

カスミは父親の声に、暗い表情で頷いている。

「落ちこんでるぞ」

ホウはいった。タケルがかたわらにしゃがんだ。

「俺たちのために動いた結果が人質だ。当然さ。絶対助けるからな」

「タイミングが重要だ。藤堂とヘフナーの取引が終わるまでは手をだせない」

「わかってる。クチナワもそれまでには現れる」

タケルは大きく息を吐いた。

「問題はグルカキラーだ。一対一でやりあったら、絶対に勝てないぞ」

「二人でやっつけよう」

ホウとタケルは見つめあった。

「いいんだな」

ホウはいった。

「ああ、あいつらは家族の敵だ」

タケルは頷いた。

カスミ

父親の言葉が耳に残っていた。

「無事か」

と訊《たず》ね、大丈夫だと答えると、こういった。

「チームワークだ」

チームワークという言葉が意味するところはひとつだ。二人がいる。

この「ムーン」にタケルとホウが潜入している、という意味だ。グルカキラーを追っていった二人がここにいるのは当然のことだ。

希望と不安が一気にふくれあがった。本当はきてほしくなかった。二人には安全な場所にいてもらいたかった。

だが、二人が現れることで、事態がヘフナーや〝本社〟にとって不利な展開になる可能性は高まった。父親は、あくまでも取引としてカスミをとり戻そうとする。が、ヘフナーにその気はない。グルカキラーを呼び寄せたのがその証《あかし》だ。

「この娘を藤堂に渡すのか」

会長と呼ばれたごま塩頭の男が訊ねた。

「『マッカーサー・プロトコル』を受け取ったら、そうします」

「それで万事丸くおさまるのか」

「無理でしょう。私は、トウドウの部下を殺している」

〝会長〟はじっとヘフナーを見つめた。

「勝算はあるのだろうな」

ヘフナーは天を仰いだ。フロアを見おろすように壁からつきでたVIPルームと天井から吊《つ》るされたDJブースを見渡す。

「会長、ここから先に計算はありません。神が決めることです。トウドウか、私たちか、それとも古い友人の刑事か」

「いい加減なことをいうんじゃねえよ」

〝会長〟と並んですわるやくざがいった。

「いい加減？　あなたはアンダーグラウンドの人間なのにわかっていないのですか」

「何をだよ」

「アンダーグラウンドでは、何がモノをいいますか？　お金？　コネクション？　ちがいます。最後はバイオレンス。力と力の勝負です。戦うことを恐れたら、決して頂点には立てない。でも勝負はときの運といいます。誰が勝つか、神様しか知りません」

やくざは黙った。やがて乾いた笑い声を〝会長〟がたてた。

「なるほどね。ヘフナーさん、あんたのいう通りだ。俺も腹をくくろう」

「わかってくれますか」

「ああ。わかった。兵隊を用意する。万が一にも、神様に見離されないようにな」

タケル

「車が近づいてきます！」

三十分もたたないうちに叫び声が下のフロアであがり、タケルはホウと顔を見合わせた。クチナワからはメールで、藤堂がまず姿を現わすと伝えられている。

二人はバルコニーから下をのぞいた。ヘフナーの周囲に黒装束のグルカキラーが四人集まっている。残る二人は表の見張りだ。

「分散しろ。トウドウは必ず部下を連れてくる。私たちを殺すために」

「いつ殺《や》ります？」

黒装束のひとりが訊ねた。背負ったグルカナイフがスポットライトを反射した。

「取引が始まるまでに奴の部下を排除しろ」

ヘフナーは答えて〝会長〟をふりかえった。

「あなたの兵隊は、外で待機させて下さい。トウドウの部下とまちがえる危険があります」

「わかった」

〝会長〟は隣のやくざに頷《うなず》いた。やくざは携帯を耳にあて、口もとを手でおおいながら指示を下している。その声はさすがにバルコニーまで聞こえない。

ホウがバルコニーからＶＩＰルームに戻り、非常口のロックを解いた。細めに扉を開け、外をうかがっている。

タケルはホウのかたわらにしゃがんだ。ヘッドライトを点《とも》した車が一台、「ムーン」の手前で止まるところだった。

「車は一台で、二人が乗っています」

見張りから報告をうけたグルカキラーの声が闇の中から聞こえた。

「たった二人だと。その筈《はず》はない。トウドウは部下を途中で降ろしている。注意しろ」

ヘフナーが叫んだ。

「じき、うちの兵隊が到着する筈だ」

〝会長〟がいうのが聞こえた。

タケルはバルコニーに戻り、再び下をのぞいた。はっとした。いつのまにかカスミの姿がなくなっていた。ヘフナーがグルカキラーに命じて、どこかに連れていかせたようだ。

タケルはダンスフロアに目をこらした。が、カスミはどこにも見えなかった。

「カスミがいなくなった」

ホウのかたわらに戻り、タケルは告げた。

ホウがふりむいた。外が見えた。「ムーン」につながる道を今度はいくつものヘッドライトが近づいてくる。ざっと十台近い。

「あれが兵隊か」

タケルはつぶやいた。一台に三人から四人の〝本社〟のやくざが乗っているとして、三十人は超すだろう。

「カスミを捜すんだ。戦闘が始まるまでに」

ホウがいい、タケルは我にかえった。

カスミ

縛られ、口にテープを貼られて、カスミは二階に連れてこられた。

「ムーン」の二階には、大小六つのＶＩＰルームがある。カスミを連れたグルカキラーは、そのうちの一番大きなVIPルームに入った。電源が回復したことで、非常灯が点り、倒れたテーブルや椅子が見えた。砕けたガラスの破片が床に散らばり、光を反射している。塚本がホウと争い、銃弾で粉々にしたガラスのテーブルだ。

「しゃがめ」

グルカキラーがうしろから肩を押し、カスミはガラス片が散らばったカーペットの上にひざまずいた。

すぐそこで塚本がカスミを撃とうとして、クチナワに射殺された。その血の染みが今もカーペットに残っている。

グルカキラーはバルコニーにでていき、下を見た。首に巻いた無線機に、

「位置につきました」

と囁《ささや》いた。

カスミは息を吸いこんだ。父親は決してヘフナーを許さない。かつては仲間だったかもしれないが、部下を殺しカスミを取引の道具に使ったヘフナーを、父親は必ず殺す。敵対した者にはその代償を払わせる。そこに例外を決して作らないというルールで、父親は帝国を築いてきた。

だが今、その帝国が揺らいでいる。村雲の裏切りをきっかけに〝本社〟との対立が露《あら》わになり、そこにクチナワがカスミという楔《くさび》を打ちこんだ。

父親にとって自分がこれほどの〝弱み〟だと、カスミは初めて知った。

不思議だった。妻はあれほど冷酷に見捨てたくせに、なぜ娘のためには自分の身や帝国を危険にさらすのか。

娘も同じように見捨てるにちがいないと信じていた。

そうではないとわかって、カスミの心に生じたのは喜びではなくとまどいだ。父親に対するとまどいであると同時に、自分が信じてきたことが揺らぐとまどい。こうだと思いこんでいた父親の姿が、根底からかわってしまった。

だが、あと戻りはできない。

チームを作ろうと考えたときから、最後はこうなると自分にはわかっていた筈だ。タケルとホウとの警官ごっこの最終章は、父親との対決だ。世界で誰より父親を理解し、父親を憎むクチナワが父親を破滅させる。

一階のダンスフロアからあがった声に、カスミは顔をあげた。

「トウドウ！」

ヘフナーが叫んだ。

「久しぶりです。またこうして会えるとは思いませんでした」

始まった。

アツシ

「あいつがカスミの親父か」

ホウはつぶやいた。ホウとタケルは入りこんだVIPルームから向かいのVIPルームのバルコニーに移動していた。もしカスミがダンスフロアのどこかにいるなら、見おろす角度がかわれば見つかるかもしれないと考えたのだ。

一階の通用口をくぐったところに男が二人、立っていた。ひとりは大柄で、ひとりは小柄だ。小柄な男にヘフナーが近づき、握手を求めた。

「互いにそんな立場じゃない」

小柄な男がいって、握手を拒んだ。ヘフナーが肩をすくめる。

「娘はどこにいる?」

「『マッカーサー・プロトコル』を」

藤堂は、ヘフナーのうしろに立つやくざに目を向けた。

「会長、あなたまでこんなものの効力を信じているとはな」

「俺たちが今、どれだけ痛めつけられているか、知らんわけじゃないだろう。調子にのっているあいつらを、少しでもあわてさせてやりたいんだよ、藤堂さん」

タケルが不意にホウの肩をつついた。ふりむいたホウに、隣接するVIPルームのバルコニーを示した。

そこはVIPルームの中でも最大の部屋だった。そのバルコニーに、自分たちと同じくしゃがんで下をうかがっている黒装束の姿があった。

タケルとホウは顔を見合わせた。

クチナワ

「機動隊及びSATの出動を要請します。江東区有明《ありあけ》の、旧『クラブ・ムーン』に、多数の暴力団員が集結しています。目的は他の武装集団との抗争で、銃器を所持しているもようです」

トカゲの声が車内に響いた。

「尚《なお》、内部には組織犯罪対策部特殊班の捜査協力者三名が潜入しており、逐次、情報が提供されるので闇雲な突入は避けられたい」

「捜査協力者ね」

アバシリが首をふった。

「我々のことじゃない」

クチナワはいった。

「わかってる。あのガキ共だろう」

「目の前のことに集中しろ。藤堂は『ムーン』に向かう途中で四人の部下を降ろした。外部にいるグルカキラーの排除が目的だ」

三人は「ムーン」へとつながる、もう一本の道を外れたワゴンの中にいた。ライトはすべて消し、草むらの奥に乗り入れている。そして今、十台近い車が、「ムーン」へと近づいていくのを見送ったところだった。

「始まりました」

ワゴンの扉が外から開かれ、マスターが顔をのぞかせ、いった。暗視装置をつけている。

「今、見張りの一名が、藤堂の部下によって排除されました。もう一名の排除も時間の問題です」

「集まった極道どもは？」

アバシリが訊《たず》ねた。

「少し離れた位置で待機している」

「やくざより、内部にいるグルカキラーだ。タケルの報告ではあと四人いる」

クチナワはいった。

「どうしますか」

マスターが訊ねた。

「集まっている連中に気づかれないで内部に入る方法はあるか」

「それは難しいですね。見つかったら戦闘になり、内部にも伝わります」

マスターは首をふった。

「外部のやくざを制圧する他ないのじゃないか」

アバシリがいうとマスターが眉《まゆ》を吊《つ》りあげた。

「我々だけでか？」

「何か手があるか、探ります」

トカゲが暗視装置を手に、でていった。

カスミ

「外が騒がしいようだ」

父親がいうのが聞こえた。

「すまんね。私のことを心配した若い衆が集まっている。ここには入ってこない」

〝会長〟が答えた。

「なるほど」

「まず『マッカーサー・プロトコル』を確認させてもらいたい」

ヘフナーがいうと、

「カスミの姿を見せてもらおうか」

父親が答えた。

「わかった」

バルコニーにいたグルカキラーがVIPルームに入ってくるとカスミの腕をつかんだ。バルコニーにひっぱりだす。

スポットライトのひとつが動き、バルコニーを照らしだした。カスミはまぶしさに縛られた両手をかざした。何も見えない。が、父親からははっきり自分が見えたろう。

そのとき、ふたつの黒い影がバルコニーにとびこんできた。

二人は同じように目のくらんだグルカキラーの腰にとびつくと、ひきずり倒した。下からはバルコニーの床が目隠しになっている。

グルカキラーにナイフを抜く暇を与えず、無線機をむしりとり、のしかかった。ホウが腕をおさえている間に、タケルが首を絞めあげる。それをはねのけようと抵抗していたグルカキラーの体が、やがて動かなくなった。

「下へ連れてこい」

無線機から声が流れでた。カスミはしゃがんだ。バルコニーの手すりの陰でタケルやホウと顔を見合わせた。タケルが口のテープをはがした。

「馬鹿じゃないの。こんなところまできて」

カスミがいうと、ホウがにらんだ。

「それは本音か」

カスミの両手首を縛ったテープをはがしていたタケルの手が止まった。カスミの目をのぞきこむ。

「遅いんだよ、くるのが」

カスミはいってタケルを抱きしめた。

「ずっと会いたかった。二人に」

タケルの首すじに頬を押しつけながらカスミはホウの目を見つめた。ホウが目をそらす。

そのとき外から銃声が聞こえた。

トカゲ

発砲したのは藤堂の部下だった。外にいたもうひとりのグルカキラーが襲いかかったのだ。暗視装置の中でグルカナイフが閃《ひらめ》き、首を切られた男がひざまずいた。それに気づいた仲間が撃った。

が、グルカキラーは素早く身をひるがえして闇の奥へと逃げこんだ。黒装束のせいで発見されにくい。

残された藤堂の部下三人は背中を合わすように固まった。

銃声に、集まっていたやくざも反応した。今にも「ムーン」の扉に突進しそうな者もいる。落ちつけ！　という声があがった。指示があるまで動くな、と命じている。

トカゲはワゴンに戻った。クチナワに状況を報告する。

「混乱を生じさせれば、中に入れるかもしれません」

クチナワは頷《うなず》いた。

「やってみろ」

トカゲはワゴンをでた。生い茂った雑草の中を「ムーン」へと近づいた。数メートル進んだとき、前方の茂みが揺れていることに気づいた。グルカキラーが同じように茂みの中にいる。

集結したやくざの車は「ムーン」へとつながる二本の道の途中に止まっていた。エンジンをかけたままでヘッドライトを点《とも》しているが、茂みの奥までは光が届かない。

藤堂の部下たちは「ムーン」の外周を囲む通路にしゃがんでいた。やくざはそれに気づいていない。ただ銃声に反応し、それぞれ武器を手にして車の陰に隠れている。

グルカキラーのひとりが通路の途中に倒れ、そこから二十メートルほど離れた場所で喉《のど》を切り裂かれた藤堂の部下が死んでいた。

しゃがんでいる藤堂の部下のひとりは狙撃《そげき》用のライフルを手にしていた。

トカゲは茂みを横方向に移動した。一本の道から離れ、大きく回りこむようにして「ムーン」に近づく。

グルカキラーは茂みの中で止まっている。その位置はちょうど集まったやくざたちの車と「ムーン」の中間あたりだ。

トカゲは拳銃《けんじゅう》を抜いた。藤堂の部下たちの頭上には二階のＶＩＰルームの非常口とつながったハシゴがある。鉄製のそのハシゴに銃の狙いをつけ、撃った。二発つづけて撃ち、すぐに移動する。

クチナワ

鉄のハシゴに銃弾が命中し、カーンという音をたてるや、藤堂の部下たちはぱっと散った。

同時に「ムーン」を遠巻きにするやくざたちもどよめいた。

「何だっ」

「誰か撃たれたのか?!」

藤堂の部下が通路に腹ばいになりバイポッドで支えたライフルを構えた。茂みを狙っている。

さらに銃弾がその頭上をかすめ、「ムーン」のコンクリートの壁を削った。びくっとした部下がライフルを撃った。

サブマシンガンを手にした別の部下が茂みに向かって掃射した。そこから黒装束のグルカキラーがとびだした。ナイフがきらめき、サブマシンガンを握った手首が切り落とされるのが見えた。

ライフルを構えていた部下が立ちあがった。発砲しながら後退する。その弾丸が、集結したやくざたちの車に命中した。

やくざたちが撃ち始めた。茂みや道の前方に向け、闇雲に銃弾をばらまいている。そのうちの一発がワゴンにあたり、車体を揺らした。

「おっと」

アバシリがつぶやいた。

トカゲ

ライフルを手にした藤堂の部下が、茂みのすぐ先で狙撃を始めた。やくざたちを撃つのに暗視装置は必要なかった。車のライトで浮かびあがっているからだ。

あっというまに三人が撃ち倒され、やくざたちもようやく状況に気づいた。

「ライトを消せっ」

四人めが倒されてようやく、それぞれ乗ってきた車にとびこむとライトを消した。その間にもひとりがフロントグラスごしに撃たれた。

あたりが闇に沈むと同時にグルカキラーが茂みから躍りでた。ライフルを手にした部下に切りかかる。

血しぶきがとび、部下が崩れ落ちた。トカゲは銃をかまえた。

グルカキラーは、部下が落としたライフルに手をのばした。直後、サブマシンガンの掃射をうけ、のけぞった。

トカゲの横、二メートルと離れていない場所に、最後の藤堂の部下がいた。またやくざたちが撃ち始めた。

トカゲは茂みの中でうずくまった。藤堂の部下が道路にとびだすと、後方のやくざたちに向け発砲しながら、「ムーン」の通用口に走った。

「ライト点《つ》けろ!」

やくざが叫ぶのが聞こえた。車のライトがいっせいに点灯し、藤堂の部下の姿が浮かびあがった。

やくざたちが撃った。何十という銃弾を浴び、藤堂の部下の体が宙を舞った。

タケル

「どうした?! 早く降りてこいっ」

無線機のイヤホンからいらだったような声が流れでた。グルカキラーから奪った無線機を手に、タケルはVIPルームに入った。カスミが降りてこなければ、別のグルカキラーがようすを見にくる筈《はず》だ。

「どこへいく?」

ホウが小声でいった。

「そこにいろ。お前はカスミを守れ」

タケルは答えて、VIPルームの床から壊れたテーブルの脚を拾いあげた。金属製で重さもある。

外からはひっきりなしに銃声が聞こえた。まるで戦争映画のようだ。

一階とつながった階段の踊り場にタケルは隠れた。クチナワにメールを打つ。

――カスミを確保した、いつでも突入OKだ
階段をあがってくる足音が聞こえた。グルカキラーが現れ、その首すじにタケルはテーブルの脚を叩《たた》きつけた。

グルカキラーががくっと膝《ひざ》をついた。タケルは回し蹴《げ》りを見舞った。グルカキラーは

階段を転げ落ち、動かなくなった。

タケルはグルカキラーの背中からグルカナイフをとりあげた。かぶっている黒い覆面をはがす。

頭の薄い中年男の顔があった。ナイフをふりあげた。こいつが家族を殺した犯人のひとりなのだ。

「タケル！」

声に、ふりおろしかけた手が止まった。ふりむくとVIPルームの入口にカスミが立ち、見つめていた。

非常灯の弱い光の下で、タケルはカスミと見つめあった。カスミが小さく首をふった。

タケルは息を吐いた。グルカナイフを投げ捨てると、グルカキラーのわき腹を蹴りあげた。

アツシ

外でまきおこった激しい銃声に、下にいた男たちは身をこわばらせた。

「何が起こってる」

〝会長〟が出入口の扉をじっと見つめた。かたわらで携帯を耳にあてていた手下が、といった。

「五人撃たれたようです」

「誰にだ？」

「わかりません。しかし撃ってきた奴はとりあえず全員かたづけたといっています。どうしますか」

ヘフナーが藤堂を見た。

「そっちの部下は全滅したようだ」

「カスミを」

藤堂は平然といった。ヘフナーは大きく息を吸いこんだ。

「トウドウ、お前の負けだ。『マッカーサー・プロトコル』を渡せ」

「この場にもってきていると思うか。カスミの無事も確認しないで」

「藤堂！」

〝会長〟が椅子から立ちあがった。

「私とカスミが無事ここをでなければ、『マッカーサー・プロトコル』は灰になる」

「ふざけるな！」

〝会長〟が藤堂につめよった。藤堂の部下が立ち塞《ふさ》がった。

「どけ」

〝会長〟は藤堂の部下をにらみつけた。部下は動かない。ヘフナーがうしろからいきなりその頭を撃った。部下はがくんと首を折り、倒れこんだ。

「トウドウ、自分の今の状況がわかっているのか。お前にはもう誰もいない」

銃口を藤堂の顔に向け、ヘフナーはいった。

「そうかな？　もし私ひとりだったら、なぜカスミを連れにいったグルカキラーは戻ってこない？　それに外にいた連中はどうした？」

ヘフナーは無線機を口にあてた。

「応答しろ」

ホウは床に投げ捨ててあった無線機を拾った。息を吸い、言葉を吐きだした。

「誰もいないぜ」

「何者だ？」

ヘフナーは頭上をふり仰いだ。

「ライト！　上を照らせっ」

無線機をポケットにつっこみ、ホウはＶＩＰルームをでた。残ったグルカキラーのいどころがわかった。照明と音響のコントロールルームにひとりはいる。

タケルとカスミに首を倒し、合図した。ＶＩＰルームのガラスごしに、スポットライトがぐるぐると回って場内のあちこちを照らしだしている。

コントロールルームは、一階と二階の中間、階段の踊り場にあった。タケルが扉を蹴り開けた。中にいたグルカキラーがそれを待ちうけていた。

タケルの首めがけ、グルカナイフが一閃《いっせん》する。間一髪で身を沈め、それをよけたタケルはグルカキラーに体当たりをくらわせた。コントロールパネルに背中を打ちつけ、グルカキラーが呻《うめ》き声をたてた。それでもタケルの背中にナイフをふりおろそうとする。ホウはとびこんでその手首をつかんだ。渾身《こんしん》の力でねじりあげるとグルカナイフが落ちた。直後、グルカキラーがタケルの腹を膝で蹴りあげた。タケルが体を丸める。ホウはグルカキラーの顎《あご》に肘《ひじ》打ちを叩きこんだ。覆面がずれ、グルカキラーの膝が砕けた。タケルがストレートを鳩尾《みぞおち》に打ちこむと、前のめりに倒れた。タケルとホウは交互にグルカキラーを蹴った。やがてグルカキラーは動かなくなった。

「あと、ひとりだ」

肩で息をしながら、タケルがいい、ホウは頷《うなず》いた。

「下に降りるぞ」

トカゲ

電話を耳にあてていたやくざのひとりが、

「了解しました」

と答え、大声をあげた。

「移動だ、移動！　中に入るぞっ」

藤堂の手下を血祭りにあげたやくざたちは、それぞれの車に乗りこんだ。トカゲは茂みの中を体を低くして移動した。すぐ目の前に、藤堂の部下が使っていたライフルが落ちている。手をのばし、茂みの中にライフルをひっぱりこんだ。スコープのついた、ボルトアクション式のライフルで、マガジンと薬室に合わせて四発の弾が残っていた。

ライフルを手に、トカゲは茂みの中で立ちあがった。やくざたちの乗った車が連なって、「ムーン」への道を近づいてくる。その先頭車輛《しやりよう》のフロントグラスにスコープの照準をあわせ、引き金をひいた。

フロントグラスの中央を弾丸が射貫《いぬ》き、先頭の車が急ブレーキを踏んだ。後続の車が勢いあまって追突する。

「まだ、いやがる！」

叫び声があがり、やくざたちは車をとびだした。車体の陰に隠れ、あたりかまわず発砲する。

トカゲは地面に伏せ、携帯を耳にあてた。クチナワを呼びだした。

「奴らが『ムーン』に入ろうとしています。足止めをしますから、応援をよこして下さい」

「了解」

クチナワが答えた。

カスミ

「うちの兵隊に入ってこいと命じた。たとえお前の手下がここに隠れていても勝ち目はないぞ」

〝会長〟のかたわらにいるやくざが父親にいうのを、カスミはフロアの闇の中から見ていた。

「トウドウ、お互いに時間の無駄づかいはやめよう。『マッカーサー・プロトコル』を渡せ。さもないとカスミを殺す」

ヘフナーは父親に告げた。

「できるかな」

父親がいった。

「グルカキラーの実力は知っている筈《はず》だ。ここにいる限り、カスミは逃げられない」

父親の表情が動いた。カスミが無事かどうか確信がないのだ。カスミは叫んだ。

「あたしは無事よ！」

闇の中から聞こえた声に、男たちが動いた。ヘフナーが無線機に叫んだ。

「捜せ！」

「無駄だ。誰もいないといったろう」

無線機からホウの声が流れでた。

「コントロールルーム！　ライトを点《つ》けろっ。明るくするんだ！」

ヘフナーは無線機に命じた。不意にスポットライトが動いた。フロアにいる父親たちを煌々《こうこう》と照らしだす。ヘフナーや〝会長〟はまぶしさに目を細め、手をかざした。

「何をしてやがる！　ライトをあっちに向けろっ」

やくざが叫んだ。タケルがコントロールルームからライトを動かしたのだ。

不意に背後からカスミの首が絞められた。

「見つけたぞ」

耳もとで黒い覆面がささやいた。グルカナイフが頰に押しあてられる。

「騒ぐと鼻が落ちる」

暴れかけたカスミは動きを止めた。

「ボス、娘を見つけました」

グルカキラーが無線機に告げるのが聞こえた。ヘフナーの声が答えた。

「よし。連れてこい。他のメンバーはどうした？」

「やられたようです」

いって、グルカキラーはカスミの体を前へと押した。

「ゆっくり歩け」

カスミは押されるまま、光の中へと進みでた。父親の顔がこわばった。

「勝負がついたな」

ヘフナーがいった。

タケル

「しまった！」

ホウが小さく叫んだ。二人はコントロールルームをとびだした。カスミをひとりにしておいたばかりに、最後のグルカキラーにつかまってしまった。

「どうする？」

タケルとホウはフロアの闇の中で顔を見合わせた。外からはまだ銃声が聞こえている。

「チャンスを待とう」

タケルはいった。グルカキラーはあとひとりで、ヘフナーと〝会長〟、その手下の三人と藤堂がカスミとともにいる。

「分かれるぞ。助けられるほうが助けるんだ」

ホウがいって、闇の中へと退いた。タケルは歯をくいしばった。

「『マッカーサー・プロトコル』はどこだ」

ヘフナーが訊《き》くのが聞こえた。タケルは目をこらした。

カスミ

「外の車の中だ」

父親が答えた。〝会長〟がかたわらの手下に告げた。

「見てこい」

手下は頷き、扉に向かった。そのときその手下の懐ろで携帯が鳴った。

「どうした？ 何をぐずぐずしてる」

手下は携帯に訊《たず》ねた。

「何？」

〝会長〟をふりかえった。

「かたづけたと思った敵がまだいて、撃ってきているそうです。それと、警察がこっちに向かっているという知らせがきました。機動隊とSATです」

「なぜサツが動く」

〝会長〟がいって、ヘフナーを見た。

「どういうことだ、ヘフナーさん」

「私にもわからない」

ヘフナーはいって父親に銃を向けた。

「まさかとは思うが、警察と手を結んだのか?」

父親はにやりと笑った。

「警察には、お互い古い友人がいる。忘れたのか」

「まさか、あの男と——」

ヘフナーの表情がかわった。

「おい、ひきあげだ」

〝会長〟がいった。

「会長サン!」

「もう何人もパクられているんだ。これ以上サツにやられたら、組の土台にヒビが入る」

〝会長〟は手下に頷《うなず》いた。

「『マッカーサー・プロトコル』が、今、手に入る」

ヘフナーがいった。

「あとで届けてくれればいい」

〝会長〟は冷ややかにいい、父親をふりかえった。

「それと、こいつら親子は始末しろ」

手下が出入口の扉を押し開いた。その瞬間、立ちすくんだ。

銃を手にしたマスターが立っていた。

タケル

マスターとアバシリが扉をくぐり、現れた。ヘフナーたちにアバシリがいった。

「〝本社〟の人間じゃなくて悪かったな。その物騒なナイフを捨てろ」

カスミの首にグルカナイフがあてがわれた。

「どうしますか」

ヘフナーが大声をだした。

「お前たちこそ銃を捨てろ。カスミの首が飛んでもいいのか」

「知らねえな。誰だ、その小娘は？」

アバシリは平然と訊ねた。

「マスター」

カスミがマスターを見つめた。

藤堂が銃を抜き、グルカキラーのこめかみに押しつけた。

「ナイフを捨てろ」

ヘフナーが銃を藤堂に向ける。

「トウドウこそ捨てろ！」

次の瞬間、藤堂が撃った。グルカキラーの頭が弾《はじ》け、すとんと膝《ひざ》を床につく。ヘフナーが藤堂を撃つのを見て、タケルは闇の中をとびだした。ヘフナーがさらに撃った。

「パパ！」

ヘフナーがカスミに銃を向けた。マスターとアバシリは、カスミとヘフナーの位置が近すぎ、撃つのをためらっていた。

タケルはヘフナーに体あたりした。同時にホウがカスミにとびつき、かばった。

「駄目ぇ！」

カスミが叫ぶのとヘフナーが撃つのが同時だった。ヘフナーを床につき倒すと、タケルは馬乗りになった。ヘフナーの顔面に拳《こぶし》を浴びせた。こいつが家族を奪ったのだ。血で目鼻の区別がつかなくなるまで、タケルは殴りつづけた。気づくと、マスターとアバシリに二人がかりで引き離されていた。

「ホウ、ホウ！」

カスミの声にふりむいた。うずくまったホウの背中に真っ赤な染みが広がっている。

カスミがその肩を揺すり、力なくホウの首が揺れた。

タケルはひざまずいた。

「嘘、だろ……」

カスミ

運ばれた病院で、最初に父親の死亡が確認された。ホウは手術室に運びこまれ、どうなったのかわからなかった。

父親のかたわらを、カスミは動けなかった。

願いは、かなった。父親の帝国は崩壊した。母親の死の責任を、父親は自らとった。

なのに、なぜこんなに涙がでるのかがわからない。

目を閉じた父親は、少し顔色が悪いだけで、眠っているように見える。

小さな頃の記憶がよみがえる。人がいかにもろいものかを説き、それを利用して犯罪を成功させる秘訣《ひけつ》を語った。銃やさまざまな道具の使い方を教え、カスミが使いこなすと、

「お前は天才だ」

と目を細めて喜んだ。

こんなに憎む日がくるなんて、あの頃は思いもよらなかった。父親を喜ばせたい一心だった。

死んでしまった父親に、憎しみはまるでない。むしろ優しさすら感じるほどだ。

頰に触れた。どきっとするほど冷たく、それは明らかに命が宿っていないことを表わしていた。

「よかったね。刑務所に入らないですんで」

カスミは語りかけた。プライドの高い父親は、服役などという屈辱には決して耐えられなかったろう。

タケル

突入してきた機動隊に容赦はなかった。マスターやアバシリとともに床に押し倒され、クチナワが入ってくるまで、膝で背中を踏まれていた。

「病院へ連れてけ！」

クチナワの顔を見るなり、タケルは叫んだ。

ホウを見つけたクチナワの表情がかわった。それからトカゲといっしょに救急車に乗りこんだ。カスミは別の救急車で父親と病院に向かった。

病院に着くとホウはすぐ手術室に運ばれ、タケルも処置室で怪我の手当をうけた。手当が終わったタケルはトカゲを捜した。だがトカゲの姿はどこにもなく、ホウのようすもわからないまま、朝を迎えた。

気づくと処置室のベッドに眠りこんでいた。

起き上がって処置室をでた。妙な気分だった。

病院の廊下には誰もいない。ナースも医者の姿もなかった。がらんとして、まるで廃《はい》墟《きょ》のようだ。

「すいませーん」

タケルは声をだした。誰も応《こた》えない。

「どうなってんだ」

つぶやき、携帯をとりだした。クチナワにかける。

呼びだしてはいるが応答はなかった。ホウが心配だった。

あのとき自分はヘフナーにとびかかり、ホウはカスミをかばった。

どちらがカスミを大切に思っているのかが、はっきりとした瞬間だ。タケルは唇をかんだ。

ホウの勝ちだ。

不意に携帯が振動した。クチナワだった。

「どこにいる？」

耳にあてた瞬間、クチナワが訊《き》いた。

「病院だ。あんたは」

「私も病院だ」

「ホウは？　どこなんだよ」

クチナワは答えなかった。

「何だよ。どこにいるかくらい教えろよ。同じ病院にいるんだろ！」

クチナワが息を吐いた。

「ホウは、いない」

「いないって。いないってどういうことだよ」

「そういうことだ」

「何いってんだよ」

「そこにいろ。今、迎えにいく」

クチナワが優しい声でいった。

カスミ

気配にふりかえった。タケルとクチナワがいた。タケルの顔が変だった。

「ホウは？」

タケルが顔をそむけた。

「弾丸は肺を傷つけていた。どうにもならなかったようだ」

クチナワが低い声でいった。頭の中がまっ白になった。

「会いたい。会わせて」

「俺もそういった」

聞きとれないほどの低い声でタケルがいった。

「遺体は監察医務院に運ばれた。司法解剖をうけることになる」

「もう？」

クチナワは小さく頷《うなず》いた。

「お前たちもこれで終わりじゃない。事情聴取が待っている。あれだけの数の人間が死んだからには、裁判も長くなるだろう」

タケルを見た。

「家族を殺した犯人もつかまった」

タケルは首をふった。

「嬉《うれ》しくねえよ」

まるで表情がなかった。

カスミは両手で顔をおおった。さっきまで泣いていたのに、それとはまるでちがう嗚《お》咽《えつ》が喉《のど》の奥からこみあげた。

クチナワ

ひと月が過ぎ、マスコミの騒ぎもようやく一段落していた。起訴された人間だけで五十名を超え、その中には買収されていた警察関係者も四名含まれている。

完成した渋谷のビルの一室にクチナワはいた。退院したばかりの男と向かいあっている。

「苦労したぞ。お前の痕跡《こんせき》を消すのに」

「見合うだけの結果を手に入れたろう。〝本社〟を潰《つぶ》し、藤堂の組織も消えた。その上、あんたを裏切っていた奴らも見つけたのだから」

男はいった。クチナワは頷いた。

「結果に文句はない。だが、本当にこれでいいのか？」

「これが一番いいのさ。ややこしい関係がなくなる」

クチナワは首をふった。

「死んだことにしろなんて、無理をいいやがって」

「リンが死んだとき、ホウも死んだ。あのあとのホウは幽霊だった。幽霊が消えただけだ」

男はいった。

「じゃ、今のお前は何だ」

「日本人だ。イイダアツシ、だっけ？　妙な名前だ」

「だが、それでこれからずっと生きていくんだ。もしかすると、どこかであいつらに会うかもしれない」

「よく似た他人、てやつだ」

クチナワは黙った。目の前の男の決断には心底、驚いた。運びこんだ病院の手術室で、

「死んだことにしろ。もし、助かっても」

と、トカゲの腕をつかみ、告げたのだ。トカゲからの連絡をうけ、悩んだあげく、クチナワはその願いをかなえることにした。

ホウへの、最大の報酬でもあった。犯罪歴が消え、まるで別人として生きられるアイデンティティーを用意してやった。

タケルとカスミが悲しみ、苦しむことを、もちろんわかった上での決断だった。そして、チームをしこりなく解散させるには、最良の方法でもあった。

「じゃ、俺はいく」

アツシがいった。クチナワは小さく頷いた。

「用があったら、新しい携帯に電話をくれ。まあ、用なんてないだろうが」

ほがらかな声でいって、部屋をでていく。

クチナワは膝《ひざ》の上にパソコンをのせ、立ちあげた。カスミからのメールが届いていた。

タケルの精神的回復を待つあいだ、新しいチームの候補者を選ぶよう命じていたのだ。カスミもまだ立ち直ってはいない。が、あいつらを元気づけるには、捜査しかないことをクチナワはわかっていた。

特殊捜査班の存在を警視庁は認めない。が、その意義と必要な予算については、これまで以上に認めるという通達をうけている。

Vまだ無理。〃H〃にかわる人材なんて、見つかるわけないし。第一、死んだって、どうしても納得できない。お骨を見せられて、これがそうだ、なんていわれても。ねぇ、本当は生きてるんでしょ。〃H〃だったら、死んだことにしろっていいそうな気がする。

あたしはそう信じてる。だけど〃H〃の決断は尊重する。あたしや〃T〃のために、そうしてくれたのだから。

それにどっちにしたって、あなたが認めるわけないしね。

返事はいらない。とにかくもう少し時間を下さい。

クチナワは小さく首をふり、パソコンを閉じた。さすがはカスミだ。

いつか、新しいチームだけでは対処できないような事件にぶつかったら、あの男を呼び戻すことにする。

それまでは、嘘をつづける。問題はないだろう。
潜入捜査は、常に嘘で始まるものなのだから。

解説

遂にシリーズ完結！　三人の想いは何処へ――

吉田《よしだ》　伸子《のぶこ》

本書は「特殊捜査班カルテット」シリーズの完結巻である。途中ブランクが生じたことで、足かけ12年という長期にわたる連載になったこのシリーズ。大沢さんがどういう落とし前をつけたのか、読む前からわくわくしてしまう。そしてその期待は決して裏切られないどころか、さらなる期待を増してしまうのだから、たまらない。

両親と妹を惨殺され、心の中で激しい怒りをくすぶり続けさせているタケル。天才DJであり親友でもあったリンを喪《うしな》ったことで、自分のアイデンティティが揺らいでしまった、中国残留孤児三世のホウ。そして、自らの出自に苦悩する、天才的な頭脳を持つ美少女、カスミ。そもそもは、カスミが自分の父親・藤堂（裏社会で一大帝国を築いている）を〝狩る〟ために、警視庁の異端者であり、藤堂の宿敵でもある、車椅子の警視正クチナワと手を組んだことが「特殊捜査班」の始まりだった。そのあたりの事情は、既刊の『生贄《いけにえ》のマチ』『解放者』を読んでいただきたい。『解放者』のラスト、背中に銃弾を受け、救急車で病院に搬送されたはずのカスミが、行方不明になったことを受けて、本書は始まる。

特殊捜査班のチームは、カスミが「頭脳」でタケルとホウは「手足」だった。カスミという司令塔を失った二人は、クチナワとともに、文字通り体を張ってカスミを探し出すことに。次第に明らかになっていく、藤堂の組織の実態と、藤堂を巡る二つの暴力団との三竦《さんすく》みの状態。鍵《かぎ》は、「マッカーサー・プロトコル」と呼ばれる文書。それは、朝鮮戦争当時、占領下にあった日本の政府を飛び越え、占領軍司令部と日本の極道たちとの間で交わされた密約を記したものだった。朝鮮戦争が終わり、共産主義者による武力革命の可能性が低下した段階で、アメリカ政府が日本政府に命じ、回収を図ったはずのそのプロトコルが、ただ一つ、残っていたのだ。それは藤堂の部下の手にあったのだが……。

プロトコルの行方を追う男たちの、文字通り、血で血を洗う戦いが本書の読みどころの一つ。もう一つは、タケルとホウとカスミ、という三角の関係の行方である。そもそもの初めからタケルはカスミに想いを寄せていたし、カスミもそのことに気づいていた。ホウはタケルの想いを知り、カスミへの想いを封印していたのだが、カスミが消えたことで、タケルに遠慮する必要はなくなった。特殊捜査班のチームを組んだスタート時点で、カスミへの想いは、二人ともスイッチが入っていたのである。

この、一人の女と二人の男、というパターンは、古今東西の映画や小説でも使われてきた。映画なら「太陽がいっぱい」や「突然炎のごとく」がそうだし、渋いところでは香港映画の「風の輝く朝に」（若き日のチョウ・ユンファがめちゃくちゃカッコいい！）も。邦画なら勝新太郎《かつしんたろう》と高倉健《たかくらけん》に梶芽衣子《かじめいこ》の「無宿《やどなし》」がそうだし、「陽炎《かげろう》座」や「蒲田《かまた》行進曲」もそのパターン。小説では、ツルゲーネフ『はつ恋』、ブロンテ『嵐が丘』、武者小路《むしゃのこうじ》実篤《さねあつ》の『友情』や漱石《そうせき》の『それから』もそうだ。

男二人の間にある友情と、それぞれの女への想い。どちらかの想いが成就するということは、イコールどちらかは選ばれない、ということだ。その時に、その女への想いが強ければ強いほど、真剣であればあるほど、男どうしの友情は、元には戻れない。女への愛をとるのか、友情をとるのか。ある種、究極の選択なのだ。

二人の男の真ん中にいる女もまた、苦しい。明らかに片方への想いが強ければ、話は少しは単純になるのだが、二人の男双方への想いが同じなら、女もまた苦しい選択を迫られる。どちらを選ぶのか、さもなくば、どちらも選ばないか。ここで大事なのは、その女だ。二人の男の心を捉《とら》えるほどの、そして、たとえ友情を捨てても、と男に思わせるほどの魅力がなければ、話そのものが安くなってしまうからだ。

本書ではカスミが、その女の立ち位置にいるのだが、タケルとホウにとって、これ以上のファム・ファタルはないだろう、というくらい魅力的なキャラだ。その帝国を継ぐべく、犯罪者としての帝王学を父親から叩《たた》き込まれて来た、天才的な頭脳の持ち主で、容姿もずば抜けている。目的のためなら、その美貌《びぼう》で男をたらしこむなんて、朝飯前。

狙った男を破滅させるためには、自分の肉体を投げ出すことも躊躇《ためら》わない。タケルが内包する怒りと、ホウが抱える絶望。カスミにはそのどちらもある、という設定にしているのが、大沢さんの巧みさだ。

薬物におぼれた母親を、見殺しにした父親への怒り。どうあがいても、犯罪者の娘という出自からは逃れられないという絶望。この二つがカスミにあるからこそ、カスミはタケルのことも、ホウのことも理解できるのであり、タケルとホウもカスミに惹《ひ》かれるのだ。

自分が築き上げた帝国を継承させるべく、自分の〝クローン〟のようにカスミを育てた藤堂。けれどカスミは、特殊捜査班としてタケルとホウとチームを組んだことで、藤堂の呪縛《じゅばく》から、自身を解き放つ。この、藤堂とカスミ父娘《おやこ》のドラマも読みどころの一つ。果たしてカスミは、藤堂への復讐《ふくしゅう》を成し遂げることが出来るのか。

物語が進んでいくにつれ、非情で冷酷な藤堂の、もう一つの顔が見えて来るのもいい。カスミが望んでいるのは、自分の破滅ではなく、自分が築いた帝国を崩壊させることだ、とクチナワから指摘された藤堂は言う。そのことに違いはあるのか、と。カスミはお前に犯罪とは手を切った上で、生きのびてもらいたいのだ、とクチナワは続ける。それは夢物語だ、としながらも、藤堂はそこで初めてクチナワに本心を語る。自分の望みは、カスミが生きのびることだけだ、と。「いろいろ教えこんだのも、私の子である以上、平穏な人生を望めないと思ったから」なのだ、と。

タケルとホウとチームを組んだことで、カスミに芽生えた、人を信頼する気持。それこそが、藤堂が自分の帝国を継がせるために否定して来たものだ。何故ならば、「信じれば裏切られ、殺されることもある」のが、藤堂の世界だったからだ。

この後、物語は、特殊捜査班の始まりともなった場所で、終わりを迎える。プロトコルの行方は？　壮絶な戦いの果てに、最後に笑うのは誰なのか？　そして、タケルとホウ、カスミの関係は、どう結着するのか。

結末は、実際に読んで確かめて欲しい。なるほど、こう来るか、という驚きと感動。そして、さらなる物語への予感。大沢さん自身が、「ずっと書きたくてあたためていた物語」だというシリーズの大団円。じっくりと味わっていただきたい。

初出「小説　野性時代」二〇一三年十二月号～
二〇一五年九月号（連載時「相続人」を改題）

十字架《じゅうじか》の王女《おうじょ》

特殊捜査班《とくしゅそうさはん》カルテット3

大沢在昌《おおさわありまさ》

平成27年 11月25日　初版発行

発行者●郡司 聡

発行●株式会社KADOKAWA
〒102-8177　東京都千代田区富士見2-13-3
電話 03-3238-8521（カスタマーサポート）
http://www.kadokawa.co.jp/

角川文庫 19448

印刷所●株式会社暁印刷　製本所●株式会社ビルディング・ブックセンター

表紙画●和田三造

ISBN978-4-04-102043-2　C0193

角川文庫発刊に際して

角川源義

第二次世界大戦の敗北は、軍事力の敗北であった以上に、私たちの若い文化力の敗退であった。私たちの文化が戦争に対して如何に無力であり、単なるあだ花に過ぎなかったかを、私たちは身を以て体験し痛感した。西洋近代文化の摂取にとって、明治以後八十年の歳月は決して短かすぎたとは言えない。にもかかわらず、近代文化の伝統を確立し、自由な批判と柔軟な良識に富む文化層として自らを形成することに私たちは失敗して来た。そしてこれは、各層への文化の普及滲透を任務とする出版人の責任でもあった。

一九四五年以来、私たちは再び振出しに戻り、第一歩から踏み出すことを余儀なくされた。これは大きな不幸ではあるが、反面、これまでの混沌・未熟・歪曲の中にあった我が国の文化に秩序と確たる基礎を齎らすためには絶好の機会でもある。角川書店は、このような祖国の文化的危機にあたり、微力をも顧みず再建の礎石たるべき抱負と決意とをもって出発したが、ここに創立以来の念願を果すべく角川文庫を発刊する。これまで刊行されたあらゆる全集叢書文庫類の長所と短所とを検討し、古今東西の不朽の典籍を、良心的編集のもとに、廉価に、そして書架にふさわしい美本として、多くのひとびとに提供しようとする。しかし私たちは徒らに百科全書的な知識のジレッタントを作ることを目的とせず、あくまで祖国の文化に秩序と再建への道を示し、この文庫を角川書店の栄ある事業として、今後永久に継続発展せしめ、学芸と教養との殿堂として大成せんことを期したい。多くの読書子の愛情ある忠言と支持とによって、この希望と抱負とを完遂せしめられんことを願う。

一九四九年五月三日

角川文庫ベストセラー

感傷の街角　大沢在昌

早川法律事務所に所属する失踪人調査のプロ佐久間公がボトル一本の報酬で引き受けた仕事は、かつて横浜で遊んでいた〝元少女〟を捜すことだった。著者23歳のデビューを飾った、青春ハードボイルド。

漂泊の街角　大沢在昌

佐久間公は芸能プロからの依頼で、失踪した17歳の新人タレントを追ううち、一匹狼のもめごと処理屋・岡江から奇妙な警告を受ける。大沢作品のなかでも屈指の人気を誇る佐久間公シリーズ第2弾。

追跡者の血統　大沢在昌

六本木の帝王の異名を持つ悪友沢辺が、突然失跡した。沢辺の妹から依頼を受けた佐久間公は、彼の不可解な行動に疑問を持ちつつ、プロのプライドをかけて解明を急ぐ。佐久間公シリーズ初の長編小説。

かくカク遊ブ、書く遊ぶ　大沢在昌

物心ついたときから本が好きで、ハードボイルド作家になろうと志した。しかし、六本木に住み始め、遊びを覚え、大学を除籍になってしまった。そんな時に大沢在昌に残っていたものは、小説家になる夢だけだった。

天使の牙　(上)(下)　大沢在昌

新型麻薬の元締め〈クライン〉の独裁者の愛人はつみが警察に保護を求めてきた。護衛を任された女刑事・明日香ははつみと接触するが、銃撃を受け瀕死の重体に。そのとき奇跡は二人を〝アスカ〟に変えた！

角川文庫ベストセラー

ウォームハート　コールドボディ　大沢在昌ひき逃げに遭った長生太郎は死の淵から帰還した。実験台として全身の血液を新薬に置き換えられ「生きている死体」として蘇ったのだ。それでもなお、愛する女性を思う気持ちが太郎をさらなる危険に向かわせる。

B・D・T［掟の街］　大沢在昌不法滞在外国人問題が深刻化する近未来東京、急増する身寄りのない混血児「ホープレス・チャイルド」が犯罪者となり無法地帯となった街で、失跡人を捜す私立探偵ヨヨギ・ケンの前に巨大な敵が立ちはだかる！

悪夢狩り　大沢在昌未完成の生物兵器が過激派環境保護団体に奪取され、その一部がドラッグとして日本の若者に渡ってしまった。フリーの軍事顧問・牧原は、秘密裏に事態を収拾するべく当局に依頼され、調査を開始する。

眠たい奴ら　大沢在昌その街で二人は出会った。組織に莫大な借金を負わせ逃げるヤクザの高見、そして刑事の月岡。互いに一匹狼の二人は奇妙な友情で結ばれ、暗躍する悪に立ち向かう。大沢ハードボイルドの傑作！

冬の保安官　大沢在昌シーズンオフの別荘地に拳銃を片手に迷い込んだ娘と、別荘地の保安管理人として働きながら己の生き方を頑なに貫く男の交流を綴った表題作の他、大沢ファン必読の「再会の街角」を含む短編小説集。

角川文庫ベストセラー

らんぼう　大沢在昌

事件をすべて腕力で解決する、とんでもない凸凹刑事コンビがいた！　柔道部出身の巨漢「ウラ」と、小柄だが空手の達人「イケ」。〝最も狂暴なコンビ〟が巻き起こす、爆笑あり、感涙ありの痛快連作小説！

未来形J　大沢在昌

その日、四人の人間がメッセージを受け取った。四人はイタズラかもしれないと思いながらも、指定された公園に集まった。そこでまた新たなメッセージが……差出人「J」とはいったい何者なのか？

秋に墓標を(上)(下)　大沢在昌

都会のしがらみから離れ、海辺の街で愛犬と静かな生活を送っていた松原龍。ある日、龍は浜辺で一人の見知らぬ女と出会う。しかしこの出会いが、龍の静かな生活を激変させた……！

魔物(上)(下)　大沢在昌

麻薬取締官・大塚はロシアマフィアと地元やくざとの麻薬取引の現場を押さえるが、運び屋のロシア人は重傷を負いながらも警官数名を素手で殺害し逃走。その超人的な力にはどんな秘密が隠されているのか？

ブラックチェンバー　大沢在昌

警視庁の河合は〈ブラックチェンバー〉と名乗る組織にスカウトされた。この組織は国際犯罪を取り締まり奪ったブラックマネーを資金源にしている。その河合たちの前に、人類を崩壊に導く犯罪計画が姿を現す。

角川文庫ベストセラー

アルバイト・アイ
命で払え
大沢在昌

冴木隆は適度な不良高校生。父親の涼介はずぼらで女好きの私立探偵で凄腕らしい。そんな父に頼まれて隆はアルバイト探偵として軍事機密を狙う美人局事件や戦後最大の強請屋の遺産を巡る誘拐事件に挑む！

アルバイト・アイ
毒を解け
大沢在昌

「最強」の親子探偵、冴木隆と涼介親父が活躍する大人気シリーズ！　毒を盛られた涼介親父を救うべく、東京を駆ける隆。残された時間は48時間。調毒師はどこだ？　隆は涼介を救えるのか？

アルバイト・アイ
王女を守れ
大沢在昌

冴木涼介、隆の親子が今回受けたのは、東南アジアの島国ライールの17歳の王女の護衛。王位を巡り命を狙われる王女を守るべく二人はある作戦を立てるが、王女をさらわれてしまい…隆は王女を救えるのか？

アルバイト・アイ
諜報街に挑め
大沢在昌

冴木探偵事務所のアルバイト探偵、隆。車にはねられ気を失った隆は、気付くと見知らぬ町にいた。そこには会ったこともない母と妹まで…！　謎の殺人鬼が徘徊する不思議の町で、隆の決死の闘いが始まる！

アルバイト・アイ
誇りをとりもどせ
大沢在昌

莫大な価値を持つ「あるもの」を巡り、右翼の大物、ネオナチ、モサドの奪い合いが勃発。争いに巻き込まれた隆は拷問に屈し、仲間を危険にさらしてしまう。死の恐怖を越え、自分を取り戻すことはできるのか？

角川文庫ベストセラー

鳥影
北方謙三

妻の死。息子との再会。男はN市で起きた土地抗争に首を突っ込んでいき喪失してしまったなにかを取り戻そうとする……静寂の底に眠る熱き魂が、再び鬨の声を上げる！〝ブラディ・ドール〟シリーズ第八弾。

聖域
北方謙三

高校教師の西尾は、突然退学した生徒を探しにその街にやって来た。教え子は暴力団に川中を殺すための鉄砲玉として雇われていた……激しく、熱い夏！〝ブラディ・ドール〟シリーズ第九弾。

ふたたびの、荒野
北方謙三

ケンタッキー・バーボンで喉を灼く。だが、心のひりつきまでは消しはしない。張り裂かれるような想いを胸に、川中良一の最後の闘いが始まる。〝ブラディ・ドール〟シリーズ、ついに完結！

約束の街① 遠く空は晴れても
北方謙三

酒瓶に懺悔する男の哀しみ。街の底に流れる女の優しさ。虚飾の光で彩られたリゾートタウン。果てなき利権抗争。渇いた絆。男は埃だらけの魂に全てを賭けた。孤峰のハードボイルド！

約束の街② たとえ朝が来ても
北方謙三

友の裏切りに楔を打ち込むためにこの街にやってきたはずだった。友のためにすべてを抛つ男。黙した女の深き愛。それぞれの夢と欲望が交錯する瞬間、街は昂る！　孤高のハードボイルド。

角川文庫ベストセラー

約束の街③
冬に光は満ちれど
北方謙三

約束の街④
死がやさしく笑っても
北方謙三

約束の街⑤
いつか海に消え行く
北方謙三

約束の街⑥
されど君は微笑む
北方謙三

約束の街⑦
ただ風が冷たい日
北方謙三

私は、かつての師を捜しにこの街へ訪れた。三千万円の報酬で人ひとりの命を葬る。それが彼に叩き込まれた私の仕事だ。お互いこの稼業から身を退いたはずなのに、師は老いた躰でヤマを踏もうとしていた。

虚飾に彩られたリゾートタウンを支配する一族。彼らの実態を取材に来たジャーナリストが見たものは……血族だからこそ、まみれてしまう激しい抗争。男たちは愛するものを守り通すことが出来るのか？

妻を事故でなくし、南の島へ流れてきた弁護士。人の命を葬る仕事から身を退いた薔薇栽培師。それぞれの過去。そして守るべきもの。友と呼ぶには、二人の出会いはあまりにもはやすぎたのか。

N市から男が流れてきた。川中良一。人が死ぬのを見過ぎた眼を持っていると思った。彼の笑顔はいつも哀しそうだとも思った。また「約束の街」に揉め事がおこる。

高岸という若造がこの街に流れてきた。高岸の標的は弁護士・宇野。どうやら、ホテルの買収を巡るいざこざが発端らしい。だが事件の火種は、『ブラディ・ドール』オーナー川中良一までを巻きこむことに。